W0069383

Über Sinn und Schwachsinn der Liebe: Geschichten und Gedichte, ausgewählt mit der gehörigen Leidenschaft für den Gegenstand: mit gusto für die Wirrnisse der Liebe, mit Neugier für ihre Blindheit wie Klarsicht, mit Begeisterung für ihre Verrücktheiten.

Klaus Wagenbach hat sie aufgesammelt auf der bekannten Wiese, auf der sie sich in den seltsamsten Formen, Sprachen und Farben ausgebreitet hatten: die Großmäuler und Nervensägen, die dringende Inge, die Serenadensänger und Bauernfänger, Böcke und Gehörnte, Sodomiten und Autoerotiker, sowie die genauen Beschreibungen des Unterschieds von Mann und Frau.

Werfen Sie einen Blick in dieses Panoptikum! Das kann nur die Kunst! Da bleibt das Leben zurück (und wir mit ihm).

Inhalt

Die schönen Seitenpfade

Der Liebe Lauf

Amore!
oder Der Liebe Lauf

ERICH FRIED *Was es ist*

Es ist Unsinn
sagt die Vernunft
Es ist was es ist
sagt die Liebe

Es ist Unglück
sagt die Berechnung
Es ist nichts als Schmerz
sagt die Angst
Es ist aussichtslos
sagt die Einsicht
Es ist was es ist
sagt die Liebe

Es ist lächerlich
sagt der Stolz
Es ist leichtsinnig
sagt die Vorsicht
Es ist unmöglich
sagt die Erfahrung
Es ist was es ist
sagt die Liebe

Nicht weit von Salerno entfernt liegt ein wenig bekannter und noch weniger besuchter Ort. Obwohl dieser von ungebildetem und grobschlächtigem Volk bewohnt wird, lebten dort doch unlängst zwei junge Leute – der eine ein Müller namens Augustino, der andere ein Schuhmacher namens Petruccio –, zwischen denen von Kindesbeinen an eine so große Freundschaft und Gemeinsamkeit herrschte wie nur je zwischen wahren Freunden. Jeder von ihnen hatte eine junge und sehr hübsche Frau, und auch diese pflegten ständig so vertrauten Umgang miteinander, daß man selten oder nie die eine ohne die andere sah. Sie hatten schon lange in diesem herzlichen Einvernehmen gelebt, da geschah es, daß dem Schuhmacher, obwohl seine Gattin sehr schön war, die Frau des Freundes noch ein wenig mehr gefiel – vielleicht auch, weil er einmal eine Abwechslung in seiner Kost wollte –, weshalb er eines Tages bei einer besonders günstigen Plaudergelegenheit der Müllerin auf schickliche Art seine Liebe und sein Verlangen entdeckte. Als Caterina – so hieß die Müllerin – sein Ansinnen vernommen hatte, ließ sie ihn, obwohl sie nicht gerade traurig darüber war, ohne Antwort unwillig stehen; und sowie sie wieder mit Salvaggia, der Frau des Schusters, zusammentraf, erzählte sie ihr, wie ihr Petruccio sie zum Zweikampf herausgefordert habe. Die Schuhmachersfrau empfand bei dieser Eröffnung den größten Zorn, aber sie beherrschte sich und beschloß, Rache an ihrem Gatten zu nehmen, doch so, daß die so lang andauernde Freundschaft unter keinen Umständen in die Brüche ginge. Sie dankte also der teuren Freundin vielmals und bat sie, ihrem Gatten zu versprechen, sie wolle ihn in einer näher zu bestimmenden Nacht in ihrem Bett erwarten, um dann sie an ihrer Stelle hineinzulegen, was einen Hauptspaß geben werde.

Mit Freuden bereit, ihr einen Gefallen zu tun, erklärte sich die Müllerin damit einverstanden. Als Petruccio sich einige Tage darauf wieder mit Caterina allein sah, wiederholte er seine Bitte, und noch dringender als das erstemal.

Darauf bedacht, das Komplott in die Tat umzusetzen, tat sie, nachdem sie sich mehrmals, aber nicht sehr entschieden geweigert hatte, als wolle sie sich seinen Wünschen fügen. Als es sich nun um das Wann, Wo und Wie handelte, sagte die junge Frau zu dem Schuster: »Ich habe keine andere Möglichkeit, als wenn mein Mann nachts auf der Mühle beschäftigt ist, da könnte ich dich in meinem eigenen Bett empfangen.«

Strahlend erwiderte Petruccio: »Ich komme eben von der Mühle, es lagert dort so viel Korn, daß mindestens zwei Drittel der Nacht darüber hingehen, ehe es fertiggemahlen ist.« »Gut denn in Gottes Namen!« sagte darauf Caterina, »komm also zwischen der zweiten und dritten Nachtstunde, ich erwarte dich und lasse die Tür so, wie ich sie, du weißt es ja, für meinen Gatten zu lassen pflege, und du schlüpfe ins Bett, ohne einen Laut von dir zu geben. Aber sag, wie machst du es mit deiner Frau, vor der ich mich mehr fürchte als vor dem Tod?«

»Ich habe eben beschlossen«, antwortete Petruccio, »mir den Esel vom Gevatter Erzpriester borgen zu lassen, und werde der Selvaggia sagen, ich wolle über Land reiten.« »Das ist recht«, entgegnete Caterina.

Als sie so alles abgemacht hatten, ging Petruccio zur Mühle, um sich zu versichern, daß sein Freund beschäftigt sei, während Caterina inzwischen ihre Freundin von der Verabredung mit ihrem Gatten unterrichtete. Nachdem Petruccio den Müller in der gewohnten Weise auf seiner Mühle beschäftigt gefunden hatte, kehrte er nach Hause zurück, tat als habe er große Eile, und erklärte seiner Frau, er wolle sofort aufbrechen, um in Policastro Leder für sein Geschäft einzukaufen. Die Frau, die wohl wußte, wo dieses Policastro lag, sagte: »Geh mit Gott!«, innerlich lachend aber setzte sie hinzu: »Diesmal sollst du aber dein eigenes und nicht das Leder anderer Leute kaufen!«

Nachdem Petruccio so getan hatte, als breche er auf, verbarg er sich in einem gewissen Winkel des Dorfes und verharrte dort in Erwartung der ersehnten Stunde. Caterina ging, als es Nacht geworden war, in das Haus Selvaggias und blieb dort der Verabredung gemäß, während Selvaggia Caterinas Haus aufsuchte. Ins Bett geschlüpft, erwartete sie dort vergnügt ihren Gatten zur ersehnten Schlacht und wiederholte bei sich mehrmals, was sie ihm nach der Tat zu sagen beabsichtigte. Als es Petruccio an der Zeit schien, schlenderte er auf das Haus seines Freundes zu, und als er eben im Begriff war, einzutreten, hörte und sah er, daß der Müller heimkehrte, weil die Mühle wider Erwarten Schaden genommen hatte, so daß es für diese Nacht unmöglich war, zu arbeiten. Erschreckt und mißvergnügt machte sich Petruccio daher auf den Heimweg, ohne daß er gesehen oder gehört worden war, und sagte bei sich selbst: »Was heute nicht gelang, wird ein andermal gelingen.« Um aber nicht die ganze Nacht vertan zu haben, fing er an, an seine Haustür zu pochen, zuerst leise, dann lauter, und seiner Frau zuzurufen, sie möge ihm öffnen. Caterina, die ihn an der Stimme erkannte, öffnete ihm nicht nur nicht, sondern verhielt sich, ohne ihm zu antworten, mäuschenstill, damit er den Betrug nicht merke. Ein wenig ärgerlich bemühte er sich so lange, bis er die Tür aufbrachte, worauf er eintrat und direkt zum Bett hinging. Als er die tiefen Atemzüge der angeblich Schlafenden vernahm, weckte er sie auf, indem er sie am Arm zog, und da er glaubte, es sei seine Frau, erfand er irgendwelche Märchen über den Grund seiner vorzeitigen Rückkehr. Dann entkleidete er sich und legte sich neben sie. Da er sich auf das erwartete Scharmützel vorbereitet hatte, beschloß er, nachdem er den fremden Grund nicht hatte furchen können, den Samen in seinen eigenen zu senken, und schlang, überzeugt, seine Selvaggia zu beglücken, seine Arme um Caterina und beutelte sie tüchtig durch, was die Arme, um ihn glauben zu machen, sie sei seine Frau, mit Vergnügen und Geduld ertrug. Der Müller, der abgespannt und müde heimgekehrt war, legte sich in sein Bett, um zu schlafen, und lag ruhig da, ohne ein Wort zu sprechen. Selvaggia aber, die fest glaubte, es sei ihr Gatte, empfing ihn vergnügt, aber ohne einen Ton von sich zu geben. Nachdem sie ein Weilchen gewartet hatte und merkte, daß der Liebhaber ihr kein Zeichen zur Schlacht gab, fing sie an, um bei diesem Handel nicht die Betrogene und Gefoppte zu sein, ihn zu betasten. Obgleich der Müller, der glaubte, er liege bei seiner Frau, mehr Bedürfnis nach Schlaf als Lust zum Scharmützeln hatte, gab er, als er fühlte, daß man ihn reizte und mit ihm schäkerte, zur Arbeit gezwungen, mehrmals Wasser auf die Mühle, die nicht die seine war. Wie es nun der Schustersfrau an der Zeit schien, ihrem Zorn freien Lauf zu lassen, brach sie das Schweigen und sagte: »Ha, du Verräter, du treuloser Hund, wen hast du in deinen Armen zu halten geglaubt? Die Frau deines vielgeliebten Freundes? Im Glauben, seinen Grund zu beackern, hast du ihn, vermutlich, um ihm die Freundschaft zu halten, mehr als gewöhnlich bearbeitet und dich stark und feurig gezeigt, während du zu Hause keine Puste zu haben scheinst. Aber diesmal ist es dir Gott sei Dank mißglückt, trotzdem werde ich dafür sorgen, daß du die verdiente Strafe für dein Vergehen erhältst.« Mit solchen und noch härteren Worten schalt sie auf ihn ein und setzte ihm zu, daß er sich verantworte. Der arme Müller, der bei dieser Eröffnung verstummt war, erkannte an dem Klang der Worte, daß er die Frau seines geliebten Freundes vor sich hatte, und begriff auch sogleich, wie die Geschichte zusammenhing. Infolgedessen verwandelte sich ihm die genossene Lust alsbald in Betrübnis, und beharrlich schweigend erhob er sich von ihrer Seite. Obwohl es noch nicht Tag war, eilte er dorthin, wo er seine Frau vermutete, und rief seinen Freund an, er möge herauskommen, denn er habe ihm etwas Wichtiges zu sagen. Und als dieser, Schlimmes ahnend, herausgekommen war, sprach er zu ihm: »Mein lieber Bruder, durch deine Schuld allein sind wir beide in Schaden und Schande gefallen und haben etwas getan, worüber zu schweigen ehrbarer ist als zu reden, und über das Zank anzufangen nicht not tut.« Und mit dem größten Bedauern erzählte er ihm die ganze Geschichte, wie sie sich zugetragen hatte, und fügte hinzu, wenn das Schicksal der List und Tücke ihrer Frauen günstig gewesen sei, so schiene ihm, daß sie selbst einander nicht feindlich sein und ihre so lange Jahre hindurch fortgesetzte Freundschaft nicht erschüttern wollten. Deshalb solle doch das, was durch Täuschung einmal geschehen sei, für die Zukunft als Sühne der bedauerlichen Irrung unter allgemeiner Zustimmung und zur Freude aller vier Beteiligten so bleiben, und wie sie in der Vergangenheit alle ihre Güter gemeinsam gehabt hätten, wollten sie von nun an auch mit ihren Frauen Gütergemeinschaft machen. Als Petruccio von seinem geliebten Freund hörte, daß er sich mit der verlustiert habe, die er so heiß liebte, und dem friedlichen Schluß seiner Rede entnahm, daß sich alles in Wohlgefallen auflöste, dachte er bei sich, daß es ihm sehr viel lieber sei, sich den Freund zu erhalten, den er durch seine Verfehlung eigentlich hätte verlieren sollen, als die Ehre vor der Welt (die, wie man heute deutlich sieht, nicht allein wie etwas Geringwertiges verkauft, sondern sogar wie eine ganz gemeine Ware ausgetauscht wird); daher erklärte er sich heiteren Antlitzes zu dem bereit, was der Müller zu ihrer aller Annehmlichkeit und zu ihrem dauernden Frieden ausgesonnen hatte.

Und so riefen sie der Caterina zu, sie brauche nicht davonlaufen; denn sie sei nicht allein die Betrogene, sie solle vielmehr die Selvaggia holen. Als sie alle vier zusammen waren, erfuhren die Frauen, wozu ihr Betrug geführt hatte, und was im Interesse der heiligen Freundschaft, der Ruhe und des Friedens zwischen den Männern dekretiert und abgemacht worden war. Und alle waren aus verschiedenen Gründen außerordentlich damit zufrieden.

Und so kannten die beiden Freunde von da ab weder in bezug auf ihre Frauen noch auf irgendein anderes Besitzstück irgendwelche Trennung, und die Sache gedieh so weit, daß nur noch die Kinder sich unter ihren Müttern auskannten.

Wir sagten, die Erfahrung, daß die geschlechtliche (genitale) Liebe dem Menschen die stärksten Befriedigungserlebnisse gewährt, ihm eigentlich das Vorbild für alles Glück gebe, müßte es nahegelegt haben, die Glücksbefriedigung im Leben auch weiterhin auf dem Gebiet der geschlechtlichen Beziehungen zu suchen, die genitale Erotik in den Mittelpunkt des Lebens zu stellen. Wir setzten fort, daß man sich auf diesem Wege in bedenklichster Weise von einem Stück der Außenwelt, nämlich vom gewählten Liebesobjekt, abhängig mache und dem stärksten Leiden aussetze, wenn man von diesem verschmäht werde oder es durch Untreue oder Tod verliere. Die Weisen aller Zeiten haben darum nachdrücklichst von diesem Lebensweg abgeraten; er hat dennoch für eine große Anzahl von Menschenkindern seine Anziehung nicht verloren. SIGMUND FREUD

CHRISTA REINIG   *Müßiggang ist aller Liebe Anfang*

Ich liebe dich
mein Problem
du liebst mich
dein Problem

Seit du mich liebst
bellen mich die Hunde nicht mehr an
nur ein kleines Vögelein
hat mich bekleckert

Im Traum
haben wir uns gestritten und geküßt
ich wachte auf
und wir haben uns gestritten und geküßt

Verlaß mich nicht, schwör mir das!
Ich schwöre: Wenn ich mich je
von dir trennen muß
nehm ich dich mit

Manchmal
ist mir das schwule Hemd
näher
als der feministische Rock

Blumen hast du mir gebunden
Vorsicht sagst du
Es sind Giftkräuter drunter
Macht nichts, so muß es sein

Telegraphische Botschaften und ein Rendez-vous in Rom be-
weisen zwei Liebenden, daß die Liebe eine angenehme Gewohn-
heit ist.

Nach Rom war in den vergangenen dreißig Jahren im Monat
April jener distinguierte bayerische Besucher, Baron Otto
Löwenhaven gekommen, um sich im geheimen mit der
Blüte Italiens, Contessa Mafalda Beonetti, zu treffen. Diese
lange *liaison* geheim zu nennen, wäre lediglich eine Beschö-
nigung: jeder Droschkenkutscher in der Stadt ließ mit wis-
sendem Lächeln seine Peitsche knallen – fast noch bevor die
Liebenden sich an den Händen gefaßt hatten, in dem hohen
und dunklen Raum der *pensione* mit Blick über den Tiber,
die ihre Liebe in der Blüte und in jeder folgenden Phase ihres
Gedeihens gesehen hatte.

Viele Jahre lang war die Schönheit der Contessa Mafalda
Beonetti ein Lied im Herzen ganz Italiens gewesen. Ein
raubtierhafter Zug in ihrem Vater, ein Schuß hochgezüchte-
tes Devonblut, das in den Adern ihrer Mutter floß, hatten
sie zugleich linkisch und auserlesen gemacht, und der Sci-
rocco, der durch Italien wehte, war für Mafalda der Ofen
gewesen, der ihre Eigenschaften zu einer so vollendeten
Einheit verschmolz, daß sie hätte ihr eigener Entwurf sein
können, so genau stimmte sie mit dem überein, was sie gut-
hieß.

Mit zwanzig hatte sie den Grafen Antonio Beonetti geheiratet, weil es genau dem entsprach, was sich gehörte. Mit
einundzwanzig war sie die Geliebte von Baron Otto Löwenhaven geworden, weil es genau das war, was sich nicht gehörte. Sie fanden einander wundervoll.

Otto war ein Jahr älter als sie und von frostiger Schönheit,
die sich unter dem nimmerendenden bayerischen Idealis-
mus von Generationen romantischer Mütter herausgebil-
det hatte. Er war hochgewachsen und schlank und blond.
Seine Wangen waren eine makellose Mischung aus Rot und

Weiß. Sein Kraushaar lag in widerspenstigen Kringeln über einer hohen gewölbten Stirn, und sein Schnurrbart spreizte sich von den Nasenlöchern in einer aufwärtsstrebenden Linie mit der Flinkheit eines vom Glück getragenen Vogels. Wenn er flüsterte »*Ich liebe dich!*« (i. O. deutsch), so geschah es mit der Stimme eines, der einen tausend Jahre verlegten Schatz wiederentdeckt, und im Hintergrund gab es, nur um ihn noch standhafter auf seiner Herzenssache bestehen zu lassen, eine unglückliche, doch politisch perfekte Ehe mit einer wehleidigen Wienerin, Helena von Spergen ... Eine magere Frau, die ihr Wissen um die Affaire des Barons mit der »italienischen Teufelin« so eng an ihr Gefühl von Unrecht gebunden hatte, daß sie sich in dreißig verflennten Jahren den Spitznamen »Das Auge in tausend Taschentüchern« erworben hatte.

In den langen Jahren seiner Affaire mit Mafalda war dem Baron klipp und klar bedeutet worden, daß sie seine politischen Hoffnungen ohne Zweifel ruinieren würde: Sie war nicht beliebt in Bayern. Diesen Bemerkungen hatte er standhaft ein taubes Ohr zugewandt, aber als er sich den Fünfzig näherte und seine politischen Hoffnungen immer noch unerfüllt sah, begann er selbst zu erkennen, daß die Affaire vielleicht lange genug gedauert hatte. Seine Frau, bitter vor Eifersucht und unermüdlich aus Frustration, hatte es ihm oft gesagt, obschon sie bei diesen Gelegenheiten eintönig und ohne viel Hoffnung redete.

Jetzt nahten die letzten Märztage, und der Baron traf Vorbereitungen für seinen alljährlichen April in Rom. Jedermann, einschließlich seiner Frau, wußte genau, wohin er fuhr und zu wem: Und sie hielt ihre Zeit für gekommen. In ihren üblichen, schleppenden Muslin gehüllt, ein Spitzentaschentuch in der Hand und ätzend vor Zielstrebigkeit, betrat sie die Bibliothek, wo der Baron saß und seinen Hund am Ohr zupfte, indes er sich vor einem der letzten Feuer der Jahreszeit wärmte.

Sie trat auf ihn zu, mit langen schwingenden Schritten, hochgewachsen und verhärmt wie eine Winterweide, und indem sie ihr Taschentuch an den Mund preßte, sagte sie ihm rundheraus, wodurch er sich lächerlich gemacht hatte.

Sie sagte, in Schönheit einhergehen ist eins, aber mit einer verwelkenden Frau einhergehen, ist etwas anderes. Sie bemerkte, daß die Juwelen, die er als junger Mann Mafalda um den Hals gelegt hatte, nunmehr untergingen in den Falten ihres Kinns, gleichwie ihre Schönheit unterging in der entstellenden Unendlichkeit des Alters.

Helena lehnte sich beim Sprechen leicht nach vorn, das Taschentuch hielt sie unter dem Mund, und sie sah, wie der Baron zusammenzuckte.

Wieder durchmaß sie den Raum mit ihrem langen erbarmungslosen Schritt, und auf halbem Weg machte sie einen Ausfall mit der tödlichen Waffe Zeit, den Dolchgriff nach außen, und der Griff war Schmeichelei.

»Du«, sagte sie, »so ansehnlich und in deinen besten Jahren, an eine alte Frau gekettet!«

Der Baron verlor allmählich seine Farbe. Er selbst hatte daran gedacht, daß seine Affaire zu einem Ende kommen sollte, aber nie zuvor hatte er an Mafalda als eine alte Frau gedacht. Es war wahr. Sie war korpulent. Sie war fünfzig.

»Ich werde ihr telegraphieren. Ich werde ihr sagen, es ist alles vorbei, es ist der Abschied.«

Zum ersten Mal in dreißig Jahren preßte Helena ihr Taschentuch ans Herz.

»Du willst nicht nach Rom fahren?«

»Nein«, sagte er, »ich werde nicht nach Rom fahren. Ich fahre für kurze Zeit nach Florenz, ich möchte allein sein.«

In dem kleinen, unauffälligen Hotel über dem Arno, wo er der Gräfin zum ersten Mal begegnet war, und wohin sie manchmal im Winter gekommen waren, fragte der Baron nach einem Zimmer. Als Bayern verlangte ihn danach, sich ein wenig auszuweinen über eine Liebe, die nun enden sollte. Er schritt vom Fenster zur Tür und dachte nach. Seine Freunde hatten recht, seine Frau hatte recht: Es war hoch an der Zeit, daß er, ein Mann in den besten Jahren, ein gutaussehender Fünfziger, zu einem vorbildlichen Gatten und Staatsbürger würde. Seine Jugend konnte nicht ewig dauern …

Seine Meditationen wurden von einer Stimme im Nebenzimmer entzweigerissen. Es war die feste, vorzüglich modulierte Stimme des Grafen Beonetti – Mafaldas Gemahl.

»Meine liebe Mafalda«, sagte er, »du hast selbst angefangen zu begreifen, vielleicht unbewußt, daß deine Affaire mit dem Baron enden sollte: Oder weshalb bist du sonst hierher nach Florenz gekommen, in dasselbe Hotel, wo du, glaube ich, zum ersten Mal seine Bekanntschaft machtest? Du sagtest bei deiner Abreise aus Rom, daß du Ruhe haben wolltest, daß du dich besinnen wolltest – nun, worüber sinnt eine Frau nach, wenn sie zurückkehrt in die Stadt, in der sie zum ersten Mal unbesonnen war? Ich mache dir keinen Vorwurf, weil du hierher gekommen bist – die Frauen beenden immer gern eine Romanze dort, wo sie sie begonnen haben.« Er hielt inne. »Ich bin dir hierher gefolgt, um dich dringend zu ersuchen, falls es Sentimentalität war und nicht ein Entschluß, diese Affaire abzuschließen, mein Liebes. Vor zehn, fünfundzwanzig Jahren hätte ich kaum einen Einwand dagegen gehabt – in der Tat hatte ich keinen. Der Baron war zu seiner Zeit ein sehr charmanter Bursche und wenn du schon untreu sein mußtest, war er genau der Mann, den ich ausgesucht hätte. Aber« – hier war eine längere Pause... »das ist fünfundzwanzig, zwanzig, zehn Jahre her. Jetzt *muß* ich Einwände machen. Ich habe zugelassen, daß du dich kompromittierst, aber ich will nicht zulassen, daß du dich lächerlich machst, ich kann dir nicht erlauben, meinen Namen, den du trägst, an den eines alten Mannes zu binden – und der Baron, mein Liebes, ist nicht nur ein glückloser Politiker... er ist kurzatmig.«

Der Baron, der steif in seinem Sessel saß (denn beim ersten Wort hatte er sich außerstande gefunden zu stehen), hörte sie weinen. Dann hörte er sie sagen:

»Ja, Antonio, du hast recht. Ich werde ihm telegraphieren. Ich werde ihm sagen, es ist der Abschied, daß es vorbei ist. Aber bitte, geh jetzt, ich möchte allein sein, eine kleine Weile allein...« Ihre Stimme verlor sich, und die Tür wurde geöffnet und leise geschlossen. Dann folgte Schweigen, aber in diesem Schweigen pochte dem Baron das Herz wie wahnsinnig. Sie hatten recht, alle beide, seine Frau und Mafaldas Gatte. Die Contessa und er waren alt, und genau genommen waren sie beide lächerlich. Plötzlich stand er auf. Wenn er

rasch nach Rom kam, könnte er sein Telegramm zurück-
nehmen, könnte er Mafalda unnötigen Schmerz ersparen.
Möglicherweise würde sie es überhaupt nicht bekommen,
und doch, in der *pensione* wußte man, wohin die Post der
Contessa zu schicken war.

Auf der Straße nach Rom fuhren im frühen Morgengrauen
zwei Autos mit dem schärfsten Tempo, das ihre Chauffeure
aus ihnen herausholen konnten, und überholten einander.
Auf dem Rücksitz des einen saß der Baron, und er drängte
den Fahrer, schneller, noch schneller, zu fahren. Einmal
überholte der Wagen des Barons den neuen roten Renn-
wagen, aber der Baron, schwer auf seinen Stock gestützt,
wandte sich nicht um. Für ein paar Augenblicke hielt sich
sein Wagen an der Spitze, dann fiel er wieder zurück.

Als der Wagen vor der vertrauten *pensione* vorfuhr, eilte
der Baron, so rasch es seine Kurzatmigkeit gestattete, die
Treppen hinauf und näherte sich der Rezeption. Der alte
Beppo, eine vertraute Gestalt, tauchte auf. Er verneigte sich,
wie er sich hundertmal verneigt hatte, lächelte, wie er hundertmal gelächelt hatte.

»Ein Telegramm«, japste der Baron.

»Wie immer, Signore.« Beppo ließ dem Baron einen
Umschlag in die Hand gleiten, der auf seinen Namen adressiert war. Beppo verneigte sich wieder, wartete.

Es war nicht das Telegramm, dessentwegen der Baron
gekommen war. Es war dasjenige, das Mafalda am vorigen
Abend versprochen hatte abzuschicken. »Ja, ja«, sagte der
Baron hastig, indem er es in der Hand zerknüllte, »aber das
andere ... adressiert an ...« Weiter kam er nicht.

»Si, Signore, wie immer«, Beppo lächelte inständig, »*sie*
ist hier. Sie ist vor kaum einer Viertelstunde angekommen.
Sie hat es in Empfang genommen.«

Dem Baron fiel sein Stock scheppernd zu Boden. Er
bückte sich, um ihn aufzuheben, puterrot im Gesicht.
Beppo trat hinter der Rezeption hervor.

»Seltsam, Signore, aber sie wollte auch nicht ihr eigenes
Telegramm, sondern Ihres. Aber leider, wissen Sie, Ame-
deo, unser neuer Boy, er war allein hier, als sie hereinkam,
und weil er nicht wußte, daß es ... ganz recht so wäre, wollte

er es ihr nicht geben. Natürlich habe ich ihn ordentlich ge-
scholten, als ich kam. Ich sagte: ›Dummkopf, es ist üblich,
jedem von ihnen immer zu übergeben, was er oder sie
wünscht!‹ Aber es war zu spät, sie war hinausgegangen.
Doch jetzt, wo Sie es haben, ist alles in Ordnung, ja?«

Er war ein wenig verstört. »Ich habe Ihre Zimmer herge-
richtet, meine ersten Frühlingsblumen stehen überall in den
Vasen. Wollen Sie hinaufgehen?«

Der Baron, benommen auf seinen Stock gestützt, versuchte sich zusammenzureißen.

»Wohin ist sie gegangen?« stieß er flüsternd hervor.
»Wohin ist sie gegangen?«

»Ach«, sagte Beppo, wieder erleichtert, »sie wird, wie
sie mir sagte, nicht lange ausbleiben. Sie ist zur Piazza gegangen.«

Der Baron, der vor Beklemmung finster dreinschaute,
ließ sich in die vertrauten Räume hinaufgleiten, die dunkel
und kühl waren. Er setzte sich nieder. Beppo bemerkte seine
Geistesabwesenheit und ließ ihn allein. Der Baron holte sein
Taschentuch hervor und wischte sich die Stirn. Wie hätte er
wissen können, daß Mafalda nach Rom kam? Doch, er hätte
es wissen können, die Frauen sind so. Wenn alles vorbei, tot
ist, kommen sie zurück, genau wie er.

Von ferne hörte er, was ihm wie die Qual eines Traumes
erschien … den vertrauten Schritt. Die Tür ging auf. Er
wandte sich um – erhob sich. Einen langen Augenblick sahen sie einander an. Sie lächelte, als sie ihre Handschuhe aus-
zog. Dann, mit einemmal, war sie in seinen Armen.

»Es war lieb von dir«, sagte sie, und ihre tiefe, bezaubernde Stimme hielt eine Weile inne, »mir diesmal nicht zu
telegraphieren. Einfach darauf zu vertrauen, daß ich *weiß*,
du würdest kommen.«

Er nahm ihre Hand und führte sie an seine Augen. »Es
war himmlisch von dir, Mafalda«, eine Sekunde lang konnte
er nicht weitersprechen …, »*mir* nicht zu telegraphieren.
Endlich, so scheint es, kennen wir einander, vertrauen wir
einander …«

Sie knöpfte ihren Mantel auf. »Telegramme sind so über-
flüssig, wirklich, Otto. Wir wissen, die Welt weiß es, daß
wir beide immer am ersten April hier sein werden. Am

ersten April ... immer.« Sie neigte sich vor und nahm seine Hände.

Der Kellner erschien. »Sie haben geläutet, Signore?« fragte er, wohl wissend, daß der Signore nicht geläutet hatte.

Der Baron wandte sich mit einer schwungvollen Geste um. »Ja!« donnerte er. »Eine Flasche von Ihrem besten, und *schnell*!« (i. O. deutsch)

Der Serenadensänger

Gerühmt sei Turi Murruzzu, Guitarrist von Rang! Die feurigsten und behaartesten jungen Männer, die sich dann oft als die schüchternsten erwiesen, heuerten ihn für eine Nacht an, damit er ihnen helfe, mit der Musik die eigensinnigen Schönen im Schlafe zu verführen. Und wie viele Romanzen und Stornelli stiegen unter seiner mageren, flinken Hand von den kupplerischen Saiten auf; wieviel Melodien beunruhigten im Schatten des Alkovens die Jungfrau wie die Jungvermählte, die Weise wie die Verrückte! Herzklopfen und durchwachte Nächte und Delirien ohne Zahl besang jene zarte und ungefüge Stimme; sie machte geneigt zu Hochzeiten, Entführungen, schuldhaften Bündnissen des Fleisches und des Herzens. Denn wenn zuweilen Wasser oder Schlimmeres schimpflich von oben auf ihn niederprasselte, hörte man eine Minute später seinen Gesang sich stärker und sicherer und spöttischer in der Nacht erheben, eine Häusergruppe weiter drüben, zum unaufhörlichen Schimpf der zu alten Ehemänner und eifersüchtigen Wächter. GESUALDO BUFALINO

22

GIORGIO MANGANELLI *Die nicht begonnene Ehe*

Ein jugendlicher Herr von durchschnittlich gebildetem
Aussehen – fleißiger Kinobesucher und Liebhaber von Chi-
noiserien wartet an der Ecke zweier wenig begangener Straßen auf eine Frau, die er als faszinierend, genial und von zarter Schönheit betrachtet. Es ist ihr erstes Rendez-vous, und
er kostet – es ist später Nachmittag – die Feuchtigkeit der
Luft und erfreut sich der raren Passanten – Ornamente seiner einsamen Gedanken. Der jugendliche Herr ist zu früh
gekommen – doch nichts könnte ihn mehr demütigen als
der Gedanke, diese Frau warten zu lassen. Ihr gegenüber,
die er nie anders als in Begleitung von Fremden gesehen
hat, verspürt er ein gemischtes Gefühl, das die Begierde
um Haaresbreite vermeidet und die Verehrung und den Respekt, sowie den Wunsch, etwas Angenehmes für sie zu tun,
mit Ungestüm einschließt. Schon lange hat er für eine Frau
nicht mehr eine so reiche und glückliche Mischung von Gefühlen gehegt. Er entdeckt, daß er ein wenig stolz auf sich
ist, und ein Schauer der Eitelkeit durchzieht ihn. In dem
Augenblick aber, als er gewahr wird, daß er in Gefühle ver-
strickt ist, die er abgelegt hat und die er nicht achtet, merkt
er, was er tut. Er ist zu einer Verabredung gegangen. Es gibt
zwar keinerlei Beweise dafür, aber diese Verabredung könnte
auch die erste einer langen Reihe von Verabredungen sein.
Während ein leichter Angst- und Hoffnungsschweiß ihm auf
die Stirne tritt, denkt er, daß an der Ecke dieser beiden Straßen eine »Geschichte« beginnen könnte – ein unerschöpfliches Depot von Erinnerungen. Etwas in ihm sagt brüsk:
»Und hier beginnt deine Ehe.« Der schnelle Schritt einer
Frau läßt ihn erschauern. »Beginnt sie jetzt?« Es fehlen nur
noch wenige Minuten, und etwas in den Gestirnen, am Himmel der Fixsterne, in der Buchhaltung der Engel, im Volu-
mus der Götter, in der Mathematik der Genetik wird anfangen zu surren. Sie wird ihre Hand auf seinen Arm legen,
und eine Fahrt wird beginnen, die nie ein Ende hat. Eine
leere Wohnung erwartet sie, verbürgtes Glück, langsames
Verblühen, Heranwachsen der Kinder – lustlos zuerst, dann

überstürzt. In diesem Augenblick wird sein Gesicht listig und zunehmend böse: er hat sich erinnert, daß er ein Feigling ist. Gleichzeitig wünscht er sich Rettung und Untergang und weiß nicht, welches welches ist. Er ist ein Brandstifter und er ist müde. Der Nachmittag ist zum Abend geworden, und die faszinierende Frau ist nicht erschienen. Er stößt leise Beschimpfungen gegen sie aus, und als ein schüchternes Mädchen ihn um eine Auskunft bittet, gibt er vor, sie für eine Prostituierte zu halten, die sich im Kunden geirrt hat.

Bürosexherbst

Ein Kollege von mir, gut, wie man sagt, verheiratet, ein vorbildlicher Vater, Antialkoholiker, Nichtraucher, korrekt gekleidet, gewissenhaft, fleißig, bescheiden, wollte einmal, merkwürdigerweise, dahinter kommen, was es mit dem Sex im Büro auf sich hat. Als es ihm, nicht ohne Mühe, aber auch ohne daß er etwas Sensationelles dabei fühlte, gelungen war, seine Sekretärin zu verführen, hatte er sie auch schon geschwängert. Die Sekretärin verlangte, daß er sich scheiden ließ und sie heiratete. Schweren Herzens und nicht ohne Schwierigkeiten mit seiner ersten Frau zu haben, tat er ihr den Willen. Es wurmte ihn jedoch, daß er nicht dahinter gekommen war, und er versuchte es noch einmal. Nach dem dreizehnten Versuch, er war inzwischen Vater von fünfundzwanzig Kindern geworden und stand kurz vor der Pensionierung, brannte er mit einem älteren Ballettänzer durch. Mehr kann ich dazu eigentlich nicht sagen.

HELMUT HEISSENBÜTTEL

I

Am fünften August um acht Uhr morgens war die Stadt in Nebel gehüllt. Da er leicht war, störte er die Atmung nicht weiter und er trat in selten dichter Form auf; außerdem wirkte er stark blau gefärbt.

Er senkte sich teppichartig, in parallelen Schichten; zunächst bildete er zwanzig Zentimeter über dem Erdboden Schäfchen, und man ging umher, ohne seine Füße zu sehen. Eine Frau, die in der rue Saint-Braquemart 22 wohnte, ließ in dem Moment, als sie ihre Haustür öffnete, ihren Schlüsselbund fallen und konnte ihn nicht wiederfinden. Sechs Personen, darunter ein Baby, kamen ihr zu Hilfe; inzwischen kam die zweite Nebelwolkenschicht herunter, und der Schlüssel wurde wiedergefunden, aber das Baby nicht, das im Schutz der Wettererscheinung das Weite gesucht hatte, ungeduldig darauf aus, dem Fläschchen zu entkommen und die heiteren Freuden von Heirat und geregeltem Leben kennenzulernen. Dreizehnhundertzweiundsechzig Schlüssel und vierzehn Hunde kamen auf diese Weise am ersten Vormittag abhanden. Da sie es satt hatten, weiterhin vergeblich auf ihre Korkschwimmer aufzupassen, drehten die Angler durch und gingen auf die Jagd.

Der Nebel ballte sich in beträchtlicher Dichte am Fuße abschüssiger Straßen und an den Kreuzungen; in Form langer Pfeile zog er in Kanallöcher und Luftschächte; er drang in die Gänge der Metro ein, die ihren Betrieb einstellte, als die milchige Woge die Höhe der Ampeln erreichte; doch in diesem Augenblick bereits hatte sich gerade die dritte Nebelwolkenschicht herabgesenkt, und draußen badete man bis zu den Knien in weißer Nacht.

Die Bewohner der höher gelegenen Stadtteile spotteten über die am Flußufer, weil sie sich für begünstigt hielten, aber nach einer Woche waren alle wieder ausgesöhnt und konnten sich in gleicher Weise an ihren Möbeln den Schädel einrennen; denn der Nebel hatte sich bis zur Spitze der

höchsten Gebäude ausgebreitet. Und wenn auch das Glok-
kentürmchen des Eiffelturms erst ganz zuletzt verschwand,
ließ ihn dennoch der unaufhörliche Druck der dichten Ne-
belflut vollständig untertauchen.

2

Orvert Latuile erwachte am dreizehnten August aus einem
dreihundertstündigen Schlaf; er löste sich aus einem etwas
schweren Rausch und wähnte sich zunächst einmal blind;
das hieß allerdings dem Sprit, den man ihm serviert hatte,
allzuviel Ehre antun.

Es war Nacht, jedoch eine Nacht anderer Art; denn mit
offenen Augen hatte er den Eindruck, den man empfindet,
wenn der Strahl einer elektrischen Lampe auf die geschlos-
senen Augenlider fällt. Mit ungeschickter Hand suchte er
den Radioknopf. Er ging, und die Nachrichten verschafften
ihm halbwegs Klarheit.

Ohne weiter die müßigen Kommentare des Schpiekers
zu beachten, dachte Orvert Latuile nach, kratzte sich am
Nabel und stellte an seinen Nägeln riechend fest, daß ihm
ein Bad guttun würde; aber die Bequemlichkeit dieses Nebels, der sich über alles geworfen hatte, wie Noahs Mantel
über Noah oder wie das Elend über die armselige Welt oder
wie der Schleier der Tanit über Salammbô oder wie eine
Katze über eine Geige, ließ ihn auf die Nutzlosigkeit eines
Bades schließen. Dieser Nebel verströmte übrigens einen
zarten, schwindsüchtigen Aprikosenduft und sollte die per-
sönlichen unangenehmen Körperausdünstungen abtöten.
Außerdem leitete er gut den Ton, und Geräusche bekamen,
in dieser Watte verpackt, einen seltsamen Nachhall, klar und
rein wie die Stimme eines lyrischen Soprans, dessen durch
den unglücklichen Fall auf einen Pflugsterz zersplitterter
Gaumen durch einen in Silber geschmiedeten Prothesen-
apparat ersetzt worden war.

Zunächst befreite Orvert seinen Verstand von allen Pro-
blemen und dann entschied er, so zu tun, als ob nichts wäre.
Als Folge davon zog er sich ohne Mühe an, denn seine Kleider lagen ordentlich an ihrem Platz; das heißt, einiges auf

Stühlen, anderes unterm Bett, die Socken in den Schuhen, ein Schuh in einer Vase und der andere unterm Nachttopf.

»Mein Gott«, sagte er sich, »was ist dieser Nebel doch für eine lustige Sache.«

Diese Überlegung ohne große Originalität rettete ihn vor Lob, gewöhnlichem Enthusiasmus, vor Traurigkeit und düsterer Melancholie, indem er das Phänomen in die Kategorie der ganz einfach konstatierten Dinge einordnete. Aber er wurde allmählich kühner und gewöhnte sich an das Ungewöhnliche, so daß er nun auch einige menschliche Erfahrungen ins Auge fassen konnte.

»Ich gehe runter zu meiner Wirtin und lasse meinen Hosenstall offen«, sagte er. »Dann wird sich herausstellen, ob es Nebel ist oder ob es an meinen Augen liegt.«

Denn der cartesianische Geist des Franzosen veranlaßt ihn dazu, das Vorhandensein eines dichten Nebels zu bezweifeln, selbst wenn dieser reicht, ihm die Sicht zu nehmen; und was man im Radio sagen mag, wird kaum seine Entscheidung dahingehend beeinflussen, daß er auf das Ungewöhnliche schließt. Beim Radio sitzen nur Plattköpfe.

»Ich hole ihn raus«, sagte Orvert, »und ich gehe so hinunter.«

Er holte ihn raus und ging so hinunter. Zum ersten Mal in seinem Leben bemerkte er das Knarren der ersten Stufe, das Krächzen der zweiten, das Quietschen der vierten, das Knacken der siebten, das Rascheln der zehnten, das Zischeln der vierzehnten, das Gesäusel der siebzehnten, das Geluschel der zweiundzwanzigsten und das Geächze des von seinem Endträger abgeschraubten Treppenstücks aus Messing.

Er kreuzte jemanden, der hochkam und sich an der Wand hielt.

»Wer da?« sagte er und blieb stehen.

»Lerond!« antwortete Monsieur Lerond, der Mieter von gegenüber.

»Guten Tag«, sagte Orvert. »Hier Latuile.«

Er streckte die Hand aus und begegnete etwas Hartem, das er erstaunt wieder losließ. Lerond lachte verlegen.

»Entschuldigen Sie bitte«, sagte er, »aber man sieht hier nichts, und dieser Nebel ist verteufelt heiß.«

»Das stimmt«, sagte Orvert.

An seinen offenen Hosenstall denkend, ärgerte es ihn, festzustellen, daß Lerond die gleiche Idee wie er gehabt hatte.

»Also, auf Wiedersehen«, sagte Lerond.

»Auf Wiedersehen«, sagte Orvert, während er heimlich die drei Haken seines Gürtels aufmachte.

Seine Hose fiel ihm auf die Füße, und er hob sie auf, dann warf er sie ins Treppenhaus runter. Es stimmte wirklich, dieser Nebel war heiß wie eine fiebrige Wachtel; und wenn Lerond mit seinem Bauchladen im Freien herumlief, dann konnte doch Orvert nicht so angezogen bleiben? Alles oder nichts.

Seine Jacke und sein Hemd flogen fort. Seine Schuhe behielt er an.

Als er am Treppenende ankam, klopfte er leise an die Scheibe der Pförtnerloge.

»Herein«, sagte die Stimme der Klatschtante.

»Ist Post für mich da?« fragte Orvert.

»Oh, Monsieur Latuile!« lachte die dicke Dame, die immer zum Scherzen aufgelegt war, laut auf ... »Na, haben Sie gut geschlafen? Ich habe Sie nicht stören wollen ... aber Sie hätten die ersten Tage dieses Nebels erleben sollen! ... Alle spielten verrückt. Und jetzt ... Nun ja, man gewöhnt sich dran ...«

An dem durchdringenden Parfüm, dem es gelang, die milchige Schranke zu überwinden, merkte er, daß sie ihm näher kam.

»Nur ist es nicht gerade sehr bequem, sich sein Essen zuzubereiten«, sagte sie. »Aber er ist lustig, dieser Nebel ... er nährt seinen Mann sozusagen; ich, wissen Sie, ich bin ja ein kräftiger Esser ... na, und seit gut drei Tagen nun, ein Glas Wasser, ein Kanten Brot, und ich bin zufrieden.«

»Sie werden abmagern«, sagte Orvert.

»Ah! ah!« gluckste sie mit ihrem Lachen wie ein Sack Nüsse, der vom sechsten Stock die Treppe runter fällt. »Fühlen Sie, Monsieur Orvert, ich bin noch nie so in Form gewesen. Selbst meine Wölbungen straffen sich. Fühlen Sie ...«

»Aber ..., hm ...«, sagte Orvert.

»Fühlen Sie, sage ich Ihnen.«

Sie nahm seine Hand, wo sie sie vermutete, und legte sie auf die Spitze einer der besagten Wölbungen.

»Erstaunlich«, konstatierte Orvert.

»Und ich bin zweiundvierzig Jahre alt«, sagte die Wirtin. »Ah! Würde man auch nicht meinen, was?... Jene, die wie ich ein bißchen kräftig sind, sind in gewissem Sinne bevorzugt...«

»Aber was denn!« sagte Orvert überrascht...»Sie sind ja ganz nackt!...«

»Nun ja, und Sie!« sagte sie.

»Stimmt«, sagte sich Orvert. »Was für einen komischen Einfall habe ich denn da gehabt?«

»Im Radio hamse gesagt«, fuhr die Wirtin fort, »daß es sich um ein aphrobumsiakisches Aerosol handelt.«

»Ah!«... sagte Orvert; die Wirtin kam heftig atmend zum Kontakt, und er hatte einen Moment das Gefühl, von diesem verdammten Nebel genarrt worden zu sein.

»Hören Sie, Madame Panuche«, bat er flehend. »Wir sind doch keine Tiere. Wenn das ein aphrodisiakischer Nebel ist, dann muß man sich verdammt noch mal zurückhalten.«

»Oh, oh!« sagte Madame Panuche mit von Seufzern unterbrochener Stimme, und sie führte ihre Hände an die richtige Stelle.

»Mir soll es recht sein«, sagte Orvert mit Würde. »Finden Sie sich allein zurecht, ich kümmere mich um nichts.«

»Schon gut«, brummelte die Wirtin, ohne die Fassung zu verlieren, »Monsieur Lerond ist da viel liebenswürdiger als Sie. Bei Ihnen muß man ja die ganze Arbeit allein machen.«

»Hören Sie«, sagte Orvert, »heute bin ich aufgewacht... Ich bin nicht in Übung.«

»Ich werde es Ihnen beibringen«, sagte die Wirtin.

Dann ereigneten sich Dinge, über die man besser den Mantel der armseligen Welt wirft, wie über das Elend von Noah, von Salammbô und vom Schleier der Tanit.

Orvert verließ die Pförtnerloge sehr munter. Draußen spitzte er die Ohren. Das war es, was fehlte: der Autolärm. Aber unzählige Lieder waren zu hören. Lachen verbreitete sich überall.

Ein bißchen benommen, bewegte er sich auf der Landstraße vorwärts. Seine Ohren waren nicht an einen Klanghorizont von solcher Tiefe gewöhnt, er verlor sich ein wenig darin. Er merkte, daß er laut nachdachte.

»Mein Gott«, sagte er. »Ein aphrodisiakischer Nebel!«

Wie man sieht, unterscheiden sich die in Frage kommenden Überlegungen wenig. Aber man muß sich an die Stelle eines Menschen versetzen, der elf Tage lang schläft; der dann in totaler Finsternis aufwacht, die durch eine Art zügelloser allgemeiner Vergiftung noch kompliziert wird, der feststellt, daß seine fette, nicht mehr ganz junge Wirtin sich in eine Walküre mit spitzen und üppigen Brüsten verwandelt hat, eine gierige Circe in einer Höhle unvorhergesehener Lüste.

»Verdammt«, sagt Orvert noch, um seinen Gedanken zu verdeutlichen.

Als er auf einmal merkte, daß er mitten auf der Straße stand, bekam er Angst und ging rückwärts bis zur Mauer, deren Sims er ungefähr hundert Meter weit folgte. Eben dort war die Bäckerei. Eingefleischte Hygiene veranlaßte ihn dazu, nach jeder größeren körperlichen Anstrengung etwas Nahrung zu sich zu nehmen, und er ging hinein, um ein Brötchen zu essen.

Es war sehr laut im Laden.

Orvert war ein Mann mit wenig Vorurteilen, aber nachdem ihm klar war, was die Bäckerin von jedem Kunden und der Bäcker von jeder Kundin verlangte, fühlte er, wie ihm die Haare zu Berge standen.

»Wenn ich Ihnen ein Zweipfundbrot gebe«, sagte die Bäckersfrau, »habe ich, Teufel nochmal, das Recht, von Ihnen das entsprechende Format zu verlangen.«

»Aber Madame«, protestierte das helle Organ eines kleinen Greises, in dem Orvert Monsieur Pfeifensorger erkannte, den alten Organisten, der am Ende der Uferpromenade wohnte. »… Aber Madame.«

»Und Sie wollen Rohrorgel spielen!« … sagte die Bäckersfrau.

Monsieur Pfeifensorger wurde böse.

»Ich werde Ihnen meine Orgel vorbeischicken«, sagte er stolz und begab sich zum Ausgang, aber dort stand Orvert, und der Zusammenstoß nahm ihm die Luft.

»Der Nächste, bitte«, kreischte die Bäckersfrau.

»Ich möchte ein Brot«, sagte Orvert mit Mühe, während er sich den Magen massierte.

»Ein Vierpfundbrot für Monsieur Latuile!« tobte die Bäckersfrau.

»Nein, nein!« stöhnte Orvert. »Nur ein Brötchen.«

»Sie Flegel«, sagte die Bäckersfrau.

Und, zu ihrem Gatten gewandt:

»Du, Lucien, nimm ihn dir mal vor, das wird ihm eine Lehre sein.«

Orvert sträubten sich die Haare, er machte sich fluchtartig auf die Beine und rannte direkt in eine Vitrine. Sie hielt stand.

Er tastete sich um sie herum und gelangte endlich hinaus. In der Bäckerei ging die Orgie weiter. Der Bäckerjunge beschäftigte sich mit den Kindern.

»Zum Henker noch mal«, schimpfte Orvert auf dem Bürgersteig. »Wenn ich nun mal lieber selbst meine Wahl treffe? Mit dem Maul, das diese Bäckerin hat ...«

Und dann fiel ihm die Konditorei hinter der Brücke ein. Das Serviermädchen dort war siebzehn, sie hatte einen herzförmigen Mund, und sie trug eine kleine gemusterte Schürze ... vielleicht hatte sie nur ihre kleine Schürze an ...

Orvert ging mit großen Schritten zur Konditorei. Dreimal fiel er über ineinander geschlungene Körper, deren Stellungen zu merken er keine Lust hatte. Aber mindestens in einem Fall waren es fünf

»Rom«, murmelte er. »Quo vadis! Fabiola! et cum spirituo tuo! Orgien! Oh!«

Er rieb sich den Kopf, denn er hatte sich als Folge seines Kontaktes mit der Vitrine ein Straußenei der Spitzenklasse eingehandelt. Und er beschleunigte seinen Schritt, denn ein Anwesendes, das Teil seiner Person war, ihm aber ein gutes Stück vorauseilte, stachelte ihn an, so schnell wie möglich hinzukommen.

Im Glauben, sich dem Ziel zu nähern, bemühte er sich, wieder dichter an die Häuser heranzugehen, um sich dem Tastsinn zu überlassen. Er erkannte das Schaufenster des Antiquars an einer runden Platte aus verschraubtem Sperrholz, das die eine der gesprungenen Fensterscheiben sicherte. Zwei Häuser weiter war die Konditorei.

Und er stieß mit voller Wucht mit einem unbeweglichen Körper zusammen, der ihm den Rücken zugewandt hatte. Er stieß einen Schrei aus.

»Nicht stoßen«, sagte eine tiefe Stimme, »und bemühen Sie sich gefälligst, mir das Ding da vom Arsch wegzunehmen, wenn ich Ihnen nicht das Maul stopfen soll ...«

»Aber ... also ... was glauben Sie denn?« sagte Orvert. Er wandte sich zum Überholen nach links. Der nächste Zusammenstoß.

»Was soll das?« fragte eine andere Männerstimme. »Stellen Sie sich an, wie jeder hier.«

Großes Gelächter.

»Wie bitte?« fragte Orvert.

»Na klar«, sagte eine dritte Stimme, »Sie kommen ganz bestimmt wegen Nelly.«

»Ja«, stotterte Orvert.

»Dann stellen Sie sich gefälligst hinten an«, sagte der Mann. »Wir sind schon sechzig.«

Orvert antwortete nichts. Er war völlig niedergeschlagen.

Er machte sich wieder auf den Weg, ohne zu wissen, ob sie ihre kleine gemusterte Schürze anhatte.

Er bog in die erste Straße links ein. Eine Frau kam in umgekehrter Richtung.

Sie fielen beide sitzend hin.

»Ich bitte um Entschuldigung«, sagte Orvert.

»Es war meine Schuld«, sagte die Frau. »Sie hielten sich rechts.«

»Darf ich Ihnen auf die Beine helfen?« sagte Orvert. »Sie sind allein, ja?«

»Und Sie?« sagte sie. »Sie werden sich doch nicht zu fünft oder sechst auf mich stürzen?«

»Sie sind doch eine Frau?« fuhr Orvert fort.

»Überzeugen Sie sich selbst«, sagte sie.

Sie hatten sich einander genähert, und Orvert fühlte an seiner Wange langes und seidiges Haar. Sie knieten einer vor dem andern.

»Wo kann man ungestört sein?« fragte er.

»Mitten auf der Straße«, sagte die Frau.

Sie begaben sich dorthin, sich vom Rand des Bürgersteigs aus hintastend.

»Ich bin scharf auf Sie«, sagte Orvert.

»Ich auch auf Sie«, sagte die Frau. »Ich heiße ...«
Orvert unterbrach sie.

»Das ist mir egal«, sagte er. »Ich will nur wissen, was meine Hände und mein Körper wissen werden.«

»Bedienen Sie sich«, sagte die Frau.

»Natürlich«, stellte Orvert fest, »sie haben weiter nichts an.«

»Sie auch nicht«, sagte sie.

Er schmiegte sich an sie.

»Wir haben keine Eile«, sagte sie. »Beginnen Sie bei den Füßen und kommen Sie dann langsam höher.«

Orvert war schockiert. Er sagte es.

»Auf diese Weise erleben Sie alles bewußter«, sagte die Frau. »Wir haben nur mehr, wie Sie selbst sagten, die Möglichkeit der Erforschung unserer Haut zur Verfügung. Vergessen Sie nicht, daß ich keine Angst mehr vor Ihrem Blick habe. Mit ihrer erotischen Autonomie ist es aus. Seien wir freimütig und direkt.«

»Sie formulieren gut«, sagte Orvert.

»Ich lese *Les Temps Modernes*«, sagte die Frau. »Also los, vollziehen Sie rasch meine sexuelle Initiation.«

Was Orvert zu zahlreichen Wiederholungen und unterschiedlichen Methoden stimulierte. Sie besaß unzweifelhafte Fähigkeiten, und der Bereich des Möglichen erweitert sich, wenn man keine Angst hat, daß es hell wird. Und schließlich, es gibt da keine Abnutzungserscheinungen. Der Unterricht, den Orvert ihr in zwei oder drei nicht zu verachtenden Kunstkniffen erteilte und die Praxis einer mehrmals wiederholten symmetrischen Verbindung brachte Vertrauen in ihre Beziehungen.

Es herrschte ein einfaches und süßes Leben, das die Menschen der Erscheinung des Gottes Pan ähnlich machte.

3

Unterdessen gab das Radio bekannt, daß Wissenschaftler einen regelmäßigen Rückgang des Phänomens beobachteten und daß die Nebeldecke von Tag zu Tag dünner werde.

Da die Bedrohung immens war, gab es eine große Rats-versammlung. Man fand aber schnell eine Lösung, denn der Genius des Menschen tritt in tausenderlei Schattierungen auf, und als der Nebel sich auflöste, was Spezialmeßgeräte anzeigten, konnte das Leben glücklich weitergehen, denn alle hatten sich die Augen ausgestochen.

Hier küßt Goethe

Ja, Goethe küßte im August,
in Teplitz, Töpplitz, Tepelitz,
und die er küßte, schrieb das auf
nach zwanzig, fünfundzwanzig Jahren
in Fassung eins bis Fassung vier:
der Tag war heiß in Fassung eins,
der Tag blieb heiß in Fassung zwei,
August, August, auch heiß in drei
und vier, im Zimmer des Hotels,
er küßte sie in zwei, drei, vier,
und schob beim Kuß die Zunge vor:
so schrieb Bettine, Fassung eins,
kein Züngeln mehr in zwei und drei,
er küßte schwitzend, Fassung vier,
in Teplitz, Töpplitz, Tepelitz,
Bettine zeigte ihm die Brüste,
die faßte Goethe an in eins,
er nahm die Finger weg in vier,
er küßte beide, eins und zwei.
                              DIETER KÜHN

EDITH SITWELL
Jane und Thomas Carlyle, ein exzentrisches Paar

Denkt man an den Haushalt von Mr. und Mrs. Carlyle, so ist
man versucht, die Worte aus Mr. Carlyles Werk ›Die Französische Revolution‹ zu zitieren: »Aufrührerisches Chaos
liegt schlummernd um den Palast, so wie der Ozean um eine
Taucherglocke.«

Das Paar war von höchst unterschiedlichem Temperament. »Aufregung«, sagte Jane Carlyle, »macht mich ruhig.«
Während, wie Geraldine Jewsbury meint, Thomas »viel zu
groß war für das Alltagsleben. Eine Sphinx fügt sich nicht
behaglich in die Arrangements unserer Wohnzimmer-Exi-
stenz, aber aus dem richtigen Blickpunkt gesehen, ist sie ein
Gegenstand von übernatürlicher Großartigkeit«.

Obwohl also eine Sphinx, war Mr. Carlyle stets von Unruhe erfüllt, und in der Zeit der ersten Bekanntschaft mit
seiner Frau »zerkratzte er immer wieder auf schreckliche
Weise den Kaminvorsatz«. Ich mußte, sagte Jane, »stets ein
Paar Pantoffeln und Handschellen für ihn bereithalten ...
Nur seine Zunge sollte völlige Freiheit haben – seine übrigen Gliedmaßen sind phantastisch ungeschickt«.

»London ist zwar ein kochender Tumult«, erklärt Mr.
Carlyle, »dennoch sind inmitten dieses ungeheuren, ohren-
betäubenden Getöses eines Todesgesangs Töne eines Ge-
burtsliedes zu vernehmen.«

Aber auch das Lied der Geburt war nicht immer beliebt;
denn in dem »aufrührerischen Chaos«, welches das Haus in
der Cheyne Row im Stadtteil Chelsea umgab und erfüllte –
wie eigentlich jedes Haus, das die Carlyles bewohnten oder
besuchten –, bellten Hunde (hatte sich denn die ganze
Welt in einen Hundezwinger verwandelt?, fragte sich Jane),
kreischten Papageien, veranstalteten Dienstmädchen Ball-
spiele mit Schüsseln und Tellern.

Wenn die Carlyles Ferien in Ramsgate machten, spielte
»eine Blaskapelle während des ganzen Frühstücks, und der
Blaskapelle folgte eine Band von Äthiopiern, und denen

wiederum eine Gruppe von Geigerinnen! Und dazwischen eingestreut gibt es dann noch einzelne Drehorgeln, Dudelsäcke und auch ein Französisches Horn«.

Dies war immerhin besser, als was man in London ertragen mußte, wo die Hähne der Nachbarn »sich entweder zurückhalten oder sterben mußten«.

Mrs. Carlyle war von zarter Gesundheit, obgleich nichts dieses lebhafte, bezaubernde Geschöpf daran hindern konnte, irgendein harmloses Vergnügen zu genießen, wenn es sich bot. Aber sie war anfällig für Influenza, Erkältungen und Kopfschmerzen. Eine Freundin – Mrs. Brookfield – hörte sie sagen: »Auch die kleinste Aufmerksamkeit Carlyles ist eine Zierde für mich. Wenn ich einen meiner Kopfschmerzanfälle und die Empfindung habe, daß glühendheiße Stricknadeln in mein Hirn eindringen, so ist Carlyles Ausdruck von Mitgefühl, mir seine schwere Hand auf den Kopf zu legen und sie dort einige Sekunden in völligem Schweigen liegen zu lassen, so daß ich – obwohl ich schreien könnte vor unerträglichen Nervenqualen – wie eine Märtyrerin dasitze und vor Freude lächle über einen solchen Beweis tiefen Mitleids.«

Mr. Carlyle pries, wie sich vorstellen läßt, das Schweigen. Der in London im Exil lebende Mazzini kam allerdings aufgrund seiner ständigen, oft über halbstündigen Monologe über diesen Gegenstand zu dem Schluß, »daß er das Schweigen eher ein wenig platonisch liebte«.

Ganz unwissentlich ließ Carlyle seine Frau durch seine völlig unschuldige Freundschaft mit Harriet Baring (Lady Ashburton, nachdem ihr Mann Peer geworden war) leiden. Eine Freundschaft, die gewiß nicht leicht zu ertragen gewesen sein muß, denn ihr Mann konnte sich erlauben, in Briefen an seine Freundin zu schreiben: »Du bist wirklich die Beste und Schönste, freigebig wie der Sommer und die Sonne« oder: »Ach, bestes und schönstes aller Himmelsgeschöpfe, ich küsse den Saum deines Gewandes«. Und ebenso schwer erträglich war der Hohn, dem diese Freundschaft sie aussetzte. Der widerliche Samuel Rogers – den Carlyle als »einen halbgefrorenen Whig-Gentleman« beschreibt – (»Überhaupt kein Haar auf dem Kopf, dafür der allerweißeste Schädel, gescheite, traurige und grausame blaue

Augen; ein zahnloser Mund, der sich hufeisenförmig bis zur Nase nach oben zieht, dunkel krächzende Stimme, sarkastischer Scharfblick und vollkommene Manieren«) – dieser Gentleman bewies seine vollkommenen Manieren bei einem Abendessen, das Dickens gab, durch seine Frage: »›Ist Ihr Gatte immer noch so betört von Lady Ashburton?‹ ›Natürlich‹, sagte ich (Jane) lachend – ›warum sollte er nicht?‹ – ›Mögen Sie sie – sagen Sie es mir aufrichtig – ist sie nett zu Ihnen – so nett wie zu Ihrem Gatten?‹ ›Nun, ich kann nicht wissen, wie nett sie zu meinem Mann ist; aber ich kann sagen, daß sie ungemein nett zu mir ist, und ich wäre dumm und undankbar, wenn ich sie nicht gern hätte.‹ ›Hmm!‹ (enttäuscht) ›Nun ja, es ist sehr gütig von Ihnen, sie zu mögen, wo sie Sie doch der Gesellschaft Ihres Mannes so ganz beraubt – und er ist immer bei ihr, nicht wahr?‹ ›O gütiger Himmel, nein!‹ (Jane immer noch bewundernswerterweise lachend) – ›Er schreibt und liest viel in seinem Arbeitszimmer.‹ ›Aber er verbringt doch alle Abende mit ihr, wie ich höre.‹ ›Keineswegs alle – zum Beispiel sehen Sie ja, daß er heute abend hier ist.‹ ›Ja‹, meinte er in gereiztem Ton, ›ich sehe, daß er heute abend hier ist, und ich höre es auch – denn seit er eingetreten ist, hat er nichts anderes getan als quer über den ganzen Raum hinwegzureden!‹«

Lady Harriet starb im Frühling 1857, aber ihr Schatten fiel, auch als sie tot war, noch auf Mrs. Carlyles Leben.

Im August und frühen September 1863 hatten Mr. und Mrs. Carlyle, wie Carlyle mitteilt, »sechs Wochen in schöner, grüner Einsamkeit« verbracht. Für Jane aber war es Tag und Nacht eine Schmerzenshölle; sie litt an Neuralgien und war nicht einmal imstande, sich zu kämmen »oder irgend etwas zu tun, wozu man beide Arme braucht«.

Eines Tages gegen Ende September, als sie bis St. Martin-le Grand ging, um dort eine Droschke zu nehmen, glitt sie aus, stürzte zu Boden und blieb in qualvollem Schmerz liegen. Eine Menschenmenge sammelte sich um sie, ein Polizist erschien, sie wurde in eine Kutsche gesetzt und nach Cheyne Row zurückgebracht. »Bitte helfen Sie mir nach oben in mein Zimmer«, flehte sie einen Nachbarn und das Hausmädchen an, »ehe Mr. Carlyle etwas merkt. Er macht mich verrückt, wenn er jetzt hereinkommt.«

Aber Carlyle hatte gehört, daß sie zurückgekommen war.

Ihre Tortur erreichte den Höhepunkt: »Solch ein alles überschwemmender, unerträglicher Schmerz«, schrieb ihr Mann, »so unbeschreibbare Schmerzen, gegen die man nichts tun kann, Schmerzen, wie ich sie noch nie gesehen habe, mir nicht habe träumen lassen, die sechs oder acht Monate im Leben meines armen Lieblings in tödliche Dunkelheit tauchten.« »Ach, ich habe einen solchen Ausdruck in den mir teuren, schönen Augen erblickt, der über jede Tragödie hinausgeht! (Besonders in einer Nacht, als sie verzweifelt zu mir hereinstürzte, sprachlos, ich sie einwickelte und auf das Sofa legte und sie schweigend auf all die vertrauten Dinge und auf mich starrte.) Sie sprach selten von ihren Schmerzen, aber wenn sie es tat, dann in Wendungen, als gäbe es keine Sprache dafür; ›jeden ehrlichen Schmerz, einfach nur Schmerz, so wie wenn man mir mit Messern ins Fleisch schnitte oder meine Knochen durchsägte, würde ich vergleichsweise als Höhepunkt des Wohlbefindens bejubeln!‹«

Im Oktober des darauffolgenden Jahres, während eines ihrer sich lange hinziehenden Anfälle von Schlaflosigkeit, wurde Mr. Carlyle »wieder einmal um seinen Schlaf gebracht, weil er auf das ›Pfeifen der Eisenbahnzüge‹ lauschte, die man seit Jahren nur schwach hören kann – nicht mehr …«. »Die schlimmen Nächte, die ich letzthin gehabt habe, waren nicht meine Schuld, sondern kamen daher, daß ich hörte, wie Mr. Carlyle aufsprang, um zu rauchen, wie er gegen sein Bett hämmerte usw.«

»Stell dir die Situation vor«, schrieb sie später an die zweite Lady Ashburton, ihre liebste Freundin: »Du hast, denke ich, von unserem Kummer mit den Nachbarhähnen während der letzten Jahre gehört, wie ich von einem Hausverwalter zum anderen eilen, mich auf die Knie werfen und das Haar raufen mußte (im übertragenen Sinn), um das Schweigen dieser gefiederten Dämonen zu erlangen, die mit ihrem leisesten Krähen Mr. C.'s Schlaf störten, während man eine Pistole an seinem Ohr hätte abfeuern können, ohne daß er aufwachte! Durch unendliche Anstrengungen, an die ich mich nicht zu erinnern wage, ohne zu schaudern, waren die Nachbargärten ganz und gar von Hähnen freigeräumt, und Mr. C., der nun alles Leid, das sie über ihn gebracht hatten, vergessen konnte, war endlich frei, um seine ausschließliche Aufmerksamkeit – dem ›Pfeifen der Eisenbahn‹ zu widmen! Stelle dir bitte meine Empfindungen an einem Morgen vor etwa einem Monat vor, als ich vor Tagesanbruch durch das laute Krähen eines ausgewachsenen Hahns unmittelbar unter meinem Bett (so schien es im ersten Schrecken) aus dem Schlaf gerissen wurde.«

Eine volle Woche bewahrte Mrs. Carlyle »das schlimme Geheimnis in ihrem Busen«, während »dank seiner Voreingenommenheit für das Eisenbahn-Pfeifen Mr. C. das Krähen unter seiner Nase niemals hörte! Aber Nacht für Nacht wartete ich darauf, daß sein Fuß mit dem alten wütenden Stampfen, das nichts Gutes verhieß, auf den Boden über meinem Kopf niederkam!«.

Schließlich aber hatte Mrs. Carlyle den Hahn zum Schweigen gebracht, zum höchsten Entzücken von Mr. C., der seinen Feind gerade an dem Tag entdeckt hatte, als er von ihm befreit wurde und er »gerade auf dem Weg zu Tyndall war, um ihn um etwas Strychnin zu bitten«.

So schloß Mr. Carlyle seine Frau in die Arme und versicherte ihr ein ums andere Mal, daß sie sein Schutzengel sei. »Hm!« notierte Mrs. Carlyle. »Eine Sinekure ist das nicht.«

Im Jahre 1866 wurde der Prophet in seinem eigenen Vaterland geehrt. Am 2. April folgte Carlyle Gladstone als Rektor der Universität Edinburgh. Am 29. März machte er sich nach Schottland auf.

Seine Frau begleitete ihn nicht, denn »der Frost und der Schnee der letzten ein oder zwei Tage haben meinen ganzen Unternehmungsgeist zu einem Eisklumpen gefrieren lassen«. Aber sie befand sich in einem Zustand hysterischer Erregung und Freude und wurde, wie sie schreibt, »nur durch einen ständigen Zustrom von Telegrammen und Briefen beisammengehalten«.

Bevor er das Haus verließ, küßte sie ihn zweimal und sah ihm dann nach, wie er aus der Tür ging.

Er sollte diesen Kuß nie mehr spüren.

Seine Rückkehr hatte sich etwas verzögert, weil er sich das Fußgelenk verstaucht hatte. Aber zwei Tage, bevor er schließlich zu ihr zurückkehren sollte, machte sie in glücklicher und friedvoller Verfassung ihre übliche Nachmittagsausfahrt im offenen Wagen, mit Tiny, ihrem kleinen Hund auf dem Schoß. Der Wagen trug sie durch Kensington Gardens. Sie stieg aus, ging ein paar Schritte und stieg dann wieder ein. Als der Wagen sich Victoria Gate näherte, bat sie den Kutscher Sylvester, anzuhalten und den Hund ein wenig herauszulassen. Er lief eine Weile neben dem Wagen her, bis ein anderer Wagen, der ihren Weg kreuzte, ihn anfuhr. Jane sprang aus dem Wagen zu dem Hund, der auf dem Rücken lag und winselte. Ein paar Frauen kamen dazu, und gemeinsam untersuchten sie das Tier, das lediglich an einer Pfote verletzt war. Jane stieg mit dem Hund in den Armen wieder in den Wagen.

Die Fahrt ging weiter – am Hyde Park Corner, an der Serpentine, an dem Platz vorbei, wo der Hund angefahren worden war, dann wieder zurück zum Hyde Park Corner.

Sylvester drehte sich um und sah nach Jane. Sie sprach nicht.

Er fuhr noch einmal zur Serpentine. Immer noch sagte sie kein Wort. Sie hatte sich nicht bewegt und ihre Hände lagen in ihrem Schoß. Ihre Augen waren geschlossen.

Die Schlaflose hatte endlich Schlaf gefunden.

»Vierzig Jahre lang«, schrieb ihr Mann in seiner Qual, »war sie die treue und stets liebevolle Gefährtin ihres Mannes und förderte ihn durch Wort und Tat in allem, was er Achtbares tat oder anstrebte. Sie starb in London, am 21. April 1866, ganz plötzlich von seiner Seite gerissen, und sein Lebenslicht war wie erloschen.«

»Ach, könntest du doch in das Innere meines Herzens blicken«, hatte er ihr auf dem Höhepunkt ihres Leidens an seiner Freundschaft mit Lady Harriet Baring geschrieben. »Ich glaube nicht, daß du mir zürnen würdest oder dich bedauern müßtest.«

Sie würde es nun nie erfahren, wie sehr er sie liebte.

FRANCO SACCHETTI   *Die große Kröte*

Berto Folchi war ein fideler Bürger unserer Stadt, in seinen jungen Jahren ein gewinnender Kerl und stets auf Liebespfaden. Nachdem er einmal längere Zeit mit einer Bäuerin aus Santo Felice a Ema geliebäugelt hatte und seine Liebe endlich zum Ziel führen wollte, kam er eines Tages, als sich die genannte Bäuerin in einem Weinberg befand, auf seine Kosten, und sie legten sich am Fuß einer aus Feldsteinen ohne Mörtel aufgeschichteten Mauer nieder, die den Weinberg umgab und hinter der ein Weg vorbeiführte. Die Sonne stand im Zeichen des Löwen, und da es sehr heiß war, sagte einer von zwei vorbeigehenden Bauern, die von Santa Maria Impruneta kamen: »Ich habe großen Durst; willst du in jenen Weinberg steigen, um eine Traube zu holen, oder soll ich es tun?« »Tu du's nur!« sagte da der andere.

Sogleich schwang sich der erste mit einem Satz auf die Mauer und plumpste auf der anderen Seite auf Bertos Hüften hinunter, der dort auf der Bäuerin lag. Der heftige Stoß verursachte Berto jedoch größeren Schrecken und Schaden als der Bäuerin, die sich infolgedessen noch kräftiger getreten fühlte. Als der Bauer, der den Sprung getan hatte, fühlte, daß er mit den Füßen in eine weiche Sache geraten war, ergriff er, ohne sich umzuwenden, die Flucht, rannte, Pfähle und Reben umreißend, quer durch den Weinberg und schrie aus Leibeskräften: »Zu Hilfe! Zu Hilfe!« Berto ließ es sich nichtsdestoweniger, und so schmerzhaft es ihm unter den gegebenen Umständen erschien, angelegen sein, sein Werk zu vollenden.

Auf den Lärm des Bauern liefen die Leute von allen Seiten zusammen und fragten: »Was gibt's? Was gibt's?« »Weh mir!« rief dieser. »Ich habe die größte Kröte gefunden, die jemals gesehen wurde!« Der Lärm wuchs, und die Leute sagten zu ihm: »Bist du verrückt, daß du wegen einer Kröte die ganze Gegend in Aufruhr bringst?« Der aber schrie: »Weh mir, liebe Brüder, sie ist größer als ein Präsentierteller! Ich bin auf sie gesprungen, und es kam mir vor, als sei ich auf eine riesige Tierlunge oder -leber gesprungen. Weh mir! Ich werde mich nimmermehr von diesem Schrecken erholen!«

Als auf der anderen Seite sein Genosse oder auch Verwandter, der auf die Trauben wartete, den Lärm hörte, fürchtete er, vielleicht wegen irgendwelcher Händel, in die sie verwickelt waren, sein Genosse würde angegriffen und erschlagen; denn er begann gleichfalls: »Zu Hilfe! Zu Hilfe!« zu schreien und rannte zurück, so schnell er konnte. Die Glocken von Santo Felice begannen Sturm zu läuten, ebenso die von Pozzolatico und der ganzen Gegend. Von allen Seiten eilte man herbei und fragte: »Was ist denn los? Was hat dieser Lärm zu bedeuten?«

Die Bäuerin, die sich gerade von Berto getrennt hatte, floh in Richtung auf das Haus ihres Gatten und schrie: »O ich Unglückliche! Was bedeutet dieser Lärm?« Und sie begegnete ihrem Mann, der wie die anderen auf den Platz von Santo Felice eilte, und rief: »Weh mir, lieber Gatte! Gott weiß es, mit welchem Vergnügen ich im Weinberg Gras für unsern Ochsen schnitt, und da erhob sich dieser gewaltige Lärm, der mir einen Todesschreck eingejagt hat.«

Berto langte von einer andern Seite an und fragte: »Was gibt's für eine Neuigkeit? Was für ein Glück hat sich ereignet?« Da sagte der Bauer, der ihm auf den Buckel gesprungen war: »Was heißt: was gibt's? Habt ihr es denn noch nicht gehört? Ich glaube, daß niemand je eine so große Kröte gesehen oder gefunden hat, wie ich sie in dem und dem Weinberg gefunden habe und – was noch schlimmer ist – auf die ich hinaufgesprungen bin. Es ist ein Wunder, daß sie mich nicht mit ihrem Gift bespritzte, und dennoch weiß ich nicht, ob ich nicht daran sterben werde.« Worauf Berto: »Du bist mir wahrhaftig ein gelungener Kauz. Wenn du nun gar einen Teufel gefunden hättest, was hättest du da getan?« Da antwortete jener: »Lieber möchte ich einen Teufel finden als auf diese Weise eine Kröte.«

In diesem Augenblick erschien schreiend der verstörte Genosse des Bauern auf dem Platz. Als er seinen Freund erblickte, eilte er herbei, ihn zu umarmen, und rief: »Weh mir! Kamerad, was ist dir widerfahren? Wer hat dich angegriffen? Ich glaubte schon, du seist getötet worden.« Und dieser erzählte ihm halb von Sinnen von jener Kröte. Berto Folchi wandte sich noch einmal zu ihnen und sagte: »Was seid ihr doch für liebenswürdige Leute! Durch euren Lärm habt ihr sämtliche Männer der Gegend von ihrer Arbeit abgehalten, und auch ich, der ich dabei war, ein Geschäft zu erledigen, bin so dumm gewesen, herzurennen.« Da antworteten sie, und einer sagte dies und ein andrer das, und Berto fuhr fort: »Ich besuche diese Gegend schon seit geraumer Zeit, und schon vor einer ganzen Weile hörte ich sagen, daß einer eine große Kröte in jenem Weinberg fand – vielleicht handelt es sich um dieselbe.« Alle Umstehenden bestätigten einstimmig, daß es so sein müsse; denn die Mauern seien dort nicht gemörtelt, und es lägen dort verschiedene Haufen aus dem Gefüge geratener Feldsteine, und es sei möglich, daß die Kröte dort noch sehr gewachsen sei.

In dieser festen Überzeugung kehrten sie alle nach Hause zurück. Kaum waren sie alle fort und Berto auf dem Rückweg nach Florenz, als ihm der Prior von Santo Felice, Oca, der von Florenz zurückkehrte, ein überaus spaßiger Gesell, kaum einen Armbrustschuß vom Platz entfernt begegnete, ihn wie einen guten Freund begrüßte und mit zurücknahm, da er wünschte, daß er diesen Abend mit ihm verbringe. Als Berto die Einladung angenommen hatte und mit dem Prior umkehrte, sagte dieser: »Ich habe unterwegs gehört, es habe hier einen großen Lärm gegeben, was war denn los?« Worauf Berto: »Mein Prior, wenn Ihr mir versprecht zu schweigen, will ich Euch die schönste Geschichte erzählen, die sich seit Eurer Geburt zugetragen hat.« »Her damit!« rief da der Prior. »Ich schwöre dir, daß ich das Geheimnis bewahren werde, und außerdem weißt du, daß ich Priester bin.«

Darauf erzählte ihm Berto Anfang, Mitte und Ende des Vorgefallenen. Der Prior war dick, und es dauerte eine ganze Weile, bis er wieder zu Atem kam, so herzlich mußte er lachen. Und nachdem Berto beim Prior zu Abend gegessen und übernachtet hatte und sie aus jenem Anlaß sehr vergnügt gewesen waren, kehrte er am folgenden Morgen nach Florenz zurück, während der Prior in der Absicht, die Geschichte für sich auszuschlachten, nach der Messe zu seinen Pfarrkindern von dem Vorfall und dem Auflauf sprach und alle ermahnte, sich jenem Weinberg ja nicht zu nähern, da eine derartige Kröte sehr gefährlich sei, schon wenn sie einen ansehe, geschweige denn, wenn sie Gift spritze. Daher gab es wenige, die so kühn gewesen wären, den Weinberg zu betreten, abgesehen von Berto und der Bäuerin. Und als der Prior sah, daß niemand in ihm arbeiten wollte, kam er mit dem Besitzer überein, ihn zu pachten, indem er sagte: »Ich will es wagen, ich weiß ein Gebet und einen Zauber, die gut dagegen sind, und außerdem ist mein Knecht – du kennst ihn ja – ein Tölpel, dem es nichts ausmachen wird.«

Um mit der Geschichte zu Ende zu kommen: Er behielt besagten Weinberg einige Jahre für ein Geringes in Pacht und zog daraus jährlich acht bis zehn Cogna Wein, und dem Besitzer des Weinbergs schien es, wenn er ihm auch nichts trug, als gewinne er ihn, da er doch wenigstens bearbeitet wurde. Und so nahm der Prior Oca seinen Vorteil wahr, und Berto kam oft, um mit ihm von diesem Wein zu trinken, und sorgte, daß der Kröte niemals mehr auf den Leib gesprungen wurde.

Muß man nicht staunen über die Zufälle und Ereignisse, welche die Liebe herbeiführt? Unter all den seltsamen Geschehnissen, die je vorgefallen sind, hat, glaube ich, kein einziges mit diesem Ähnlichkeit. Bei allem Pech, trotz Sturmläuten und Volksauflauf vollendete Berto sein Geschäft; und dem Prior Oca brachte eine an seine Pfarrkinder gerichtete Ermahnung in einigen Jahren an die vierzig Cogna Wein ein. Und er hatte sein Geld gut angelegt; denn er war ein lustiger Bruder und erwies anderen gern eine Gefälligkeit.

Ich setzte mich an das andere Ende der Bank und beobachtete sie eine ganze Weile lang schweigend. Ich tat das bereits
seit vier oder fünf Tagen. Das Mädchen verbarg sich hinter
den dicken Brillengläsern der Kurzsichtigen und strickte
lustlos, als sei es ihr völlig gleichgültig, was sie da tat. Sie
bewegte die Finger mit auffallender Unbeholfenheit und
hob etwas zu oft den Blick, um mit verzücktem Ausdruck
die Statue zu betrachten, die ihr gegenüberstand.

An diesem Tag war ich jedoch entschlossen, ihr die Maske
vom Gesicht zu reißen. Ich rührte mich nicht vom Ende
der Bank fort, aber ich verstärkte mein Schnauben, so daß
sie schließlich nicht umhin konnte, den Kopf zu wenden.

»Was wollen Sie?« fragte sie mich, ohne die Ruhe zu verlieren.

»Ich bin ein leidenschaftlicher Bewunderer Ihrer Schönheit, mein Fräulein«, sagte ich zu ihr und legte mir die Hand
auf die Genitalien. »Sie wissen ganz genau, was ich will. Seit
vier Tagen setze ich mich an das Ende dieser Bank hier, nur
um die Schönheit Ihres Profils zu bewundern.«

»Finden Sie wirklich, daß ich ein schönes Profil habe?«
fragte mich und tat, als hätte sie meine Geste nicht bemerkt.

»Das Profil einer Göttin«, antwortete ich. »Noch nie
habe ich ein Profil wie das Ihre gesehen.«

»Und Sie?« erkundigte sie sich und blinzelte hinter ihren
Brillengläsern. »Wie sind Sie?«

Sie richtete einen zerstreuten Blick auf mich, so als könnte
sie mich tatsächlich nicht erkennen. Ich hielt endlich den
Moment für gekommen, ihr zu sagen, daß sie mich nicht
hinters Licht führen könne.

»Sie, mein verehrtes Fräulein, Sie stellen sich kurzsichtig, aber Sie sind es nicht.«

»Wie kommen Sie denn darauf?« rief sie überrascht aus.

»Ich habe drei gewichtige Gründe, dies anzunehmen«,
entgegnete ich ihr. »Erstens: Sie stricken unbeholfen. Ihre
Finger bewegen sich nicht mit der Geschicklichkeit derer,
die an absoluter Kurzsichtigkeit leiden und daher gezwun-

gen sind, sich ständig ihrer Finger zu bedienen. Zweitens: Sie besitzen – und verzeihen Sie bitte meine Offenheit – ein Paar epochemachende Brüste, wie sie einer echten Kurzsichtigen nicht anstünden. Und drittens – dies ist der wichtigste Grund –: Sie setzen sich immer auf diese Bank, gegenüber der Statue dieses jungen Apoll. Es gibt hundert andere Bänke im Park, aber Sie ziehen gerade diese vor. Und so sehr Sie es auch zu verbergen suchen, Sie heben dann und wann den Blick von Ihrem Strickzeug, um ihn auf den Unterleib des Gottes zu heften.«

Als ich ihr all dies gesagt hatte, war sie bis zu den Haarwurzeln errötet.

»Sie sind«, fuhr ich fort, »wie so viele andere Frauen Ihrer Generation, Opfer einer beklagenswerten Sexualunterdrückung. Sie können sich nicht völlig blind stellen, weil das zu unbequem für Sie wäre. Aber seit Jahren geben Sie sich als kurzsichtig aus, um ungestraft alles betrachten zu können, was Sie wollen, ohne sich vor späterer Kritik fürchten zu müssen. Die Leute bemitleiden Sie, weil sie glauben, daß Sie nicht sehen können, was Sie eine Handbreit vor der Nase haben, aber die Wahrheit ist, daß Sie, liebes Fräulein, sich heimlich am Anblick all dessen ergötzen, was Sie an sündhaften Dingen umgibt.«

Daraufhin nahm die Frau die Brille ab, und ich blickte in die schönsten Augen, die ich je gesehen hatte.

»Nun hat man mich endlich entdeckt«, gestand sie mit dünner Stimme, aber ohne den Blick zu senken.

»Vergessen Sie also diese Statue«, sagte ich, die Gelegenheit nutzend, und ließ blitzschnell die Hosen herunter. »Und geben Sie sich diesem Priapos aus Fleisch und Blut hin, dem der Gedanke an Sie seit fünf Tagen den Schlaf raubt.«

Ich sah sie sanft lächeln. Sie legte das Strickzeug auf die Bank und öffnete die Lippen. Aber just in diesem Augenblick kamen zwei Polizisten – sie waren nähergekommen, ohne daß einer von uns beiden sie bemerkt hätte –, und das abgefeimte Luder setzte sich die Brille auf und begann zu schreien. Die Polizisten hörten nicht auf meine Erklärungen und brachten mich zum nächsten Polizeirevier. Jetzt hatte ich einen Grund mehr, den Frauen zu mißtrauen.

Besonders gut am Abend kann man heute noch in W. im Kärntner Oberland, auf einer Felswand hoch über der Ortschaft zwei auffällige Flecken erkennen, zwei wache weiße Augen in der Dämmerung.

Da verliebte sich, als Schuschnigg noch das Land regierte, der Sohn eines Bauern, der in den Bergen über W. seinen ärmlichen Hof bewirtschaftete, in die Tochter des reichen Wirts unten, eines in der Illegalität schon allseits bekannten Nazi, der es später, nach dem Einmarsch, zum Bürgermeister brachte.

In seinem Werben vom eigenen verlacht und vom Vater der Braut hartnäckig abgewiesen, da er über Mittel, die ihn als standesgemäßen Bräutigam erscheinen hätten lassen, nicht verfügte, verfiel der Bauernsohn auf die Idee, statt jener die rechte Gesinnung, ob es nun seine tatsächliche war oder nur eine zweckmäßige, dem Wirt als Referenz darzubieten. In einer Nacht und unter Einsatz seines Lebens bestieg er die steile Felswand und schmückte sie mit zwei riesenhaften Hakenkreuzen, die in leuchtendem Weiß anderntags Ehrfurcht geboten weithin übers Land. Da zögerte auch der Wirt nicht länger und willigte, beeindruckt von solcher Entschlossenheit und solchem Wagemut, in das Ehebündnis ein.

Kaum zwei stille und glückliche Jahre aber hatten die Brautleute verlebt, da wurde draußen die Welt laut, marschierte und sang, und der Wirt trat heran an den Schwiegersohn und sagte, hinaufweisend auf den Felsen, es sei nun wohl an der Zeit, freiwillig und mutig dafür auch einzutreten an den verschiedenen Fronten. Was blieb dem jungen Mann übrig?

Bekränzt und bewundert zog er in den Krieg, hierhin und dorthin, schrieb ungezählte Feldpostbriefe und träumte von W., kämpfte in halb Europa, fiel in der Normandie und mag sich seither, man kann es nur vermuten, auf einem jener unendlichen Friedhöfe befinden, nahe dem Meer.

Für Trauer blieb wenig Zeit, denn freilich mußte das Leben in W., auch im Frieden, weitergehen. Erneut also gab der Wirt zu einer Hochzeit der Tochter den Segen, mit einem jungen Mann diesmal, der, unersetzlicher damals denn je, ergiebigen Boden brachte in die Ehe, und der gleich nach dem Krieg, seine Würdigkeit zu beweisen, selbst jenen Felsen bestieg, begleitet von englischen Soldaten, um eine unzeitgemäße Liebeserklärung zu beseitigen.

Obwohl es nun Damen gibt, die vielleicht im Stolz auf ihre Schönheit oder ihren Wert den, der ihnen von Liebe spricht, zuerst mit solchen Worten abfertigen, daß er jeden Gedanken, je sein Ziel zu erreichen, aufgeben muß, später aber in ihre Blicke und ihr Betragen doch etwas mehr Gunst legen, so daß sie die stolzen Worte durch liebreiche Handlungen wieder einigermaßen gutmachen, so glaube ich doch, daß die Dame, die durch ihr Tun, Reden und ihre ganze Art und Weise jede Hoffnung ausschließt, die Unvollkommenheit, sich ohne Geliebten zu finden, aufweisen wird. BALDASSARE CASTIGLIONE

Die Frau sagt, daß sie früher die mangelnde Großmut der Leute nicht ertragen konnte. Jetzt denkt sie nicht mehr daran, aber im allgemeinen scheinen ihr die Frauen mehr zu Großmut zu neigen als die Männer und die Alten mehr als die Jungen, außer wenn sie dumm sind oder verbittert.

Vor vielen Jahren hatte sie das Studium der Tiermedizin abbrechen müssen und eine lange Zeit das Haus nicht mehr verlassen wollen, weil ihr alle Leute zu wenig großmütig erschienen. Schließlich war es ihren Angehörigen gelungen, sie zu einem Psychiater in Modena zu bringen, einem ziemlich jungen Arzt, der aber schon fast ganz weißes Haar hatte.

Bevor sie mit dem Arzt sprach, hatte sie ihn sich gut ansehen wollen, um herauszufinden, was für ein Mensch er war, und sie hatte ihn gebeten, sich in die Mitte des Zimmers zu stellen, um sich beobachten zu lassen. Der Arzt hatte sich dazu bereit erklärt, und sie war um ihn herumgegangen und hatte ihn dabei beobachtet.

Dann hatte sie ihn gebeten, sich die Jacke auszuziehen, um zu sehen, wie er seine Schultern hielt. Auch dazu hatte sich der Arzt bereit erklärt und sich dann lächelnd erkundigt: »Wie finden Sie mich denn?«

Sie hatte zu ihm gesagt: »Ich finde Sie zwar schön, aber auch ein wenig traurig, weil Sie den anderen nicht trauen.« Daß er den anderen nicht traute, sah sie daran, wie er seine Schultern hielt, und sie fragte, wie er denn die Leute behandeln könne, wenn er ihnen nicht traue. Der Arzt hatte ihr mit großem Ernst geantwortet: »Sie haben recht, aber das ist nicht meine Schuld.«

Auf jeden Fall hatte sie sich schließlich bereit erklärt, mit dem Arzt zu sprechen, weil er sich hatte anschauen lassen, und das hieß, daß er zumindest ein wenig großmütig war.

Der Arzt hatte sie gefragt, warum sie nie aus dem Haus gehen wollte, und sie hatte geantwortet: »Ich will nicht aus dem Haus gehen, weil die Leute so wenig großmütig sind und zuviel kritisieren.« Der Arzt hatte ihr erklärt, man

49

müsse sich Mühe geben zu vergessen, daß die anderen kritisieren, sonst erstarre man, und sie hatte zu ihm gesagt: »Ja, das weiß ich, aber ich bin häßlich, und für mich ist es schwieriger zu vergessen.«

Am Schluß der Untersuchung hatte ihr der junge Arzt mit dem weißen Haar zwei Prophezeiungen gemacht. Die erste war, sie werde eines Tages bemerken, daß sie genau wie alle anderen sei, weil auch sie die anderen kritisierte und weil sie, wenn sie immer zu Hause blieb, selbst auch nicht besonders großmütig war. Die zweite lautete, daß ihr im Lauf eines Jahres etwas passieren würde, das sie erschüttere, und dadurch werde sie ihre jetzigen Probleme vergessen.

Die beiden Prophezeiungen haben sich bewahrheitet. Die zweite zuerst und die andere später als Folge der ersten.

Eines Tages, als sie den Garten bestellte, sah sie am Himmel einen feurigen Ball, der eine aufsteigende Kurve beschrieb. Dann flog der feurige Ball im Zickzack, knallte zweimal und endete in einer absteigenden Kurve auf einem Acker hinter ihrem Haus.

Sie lief auf den Acker und fand ein rauchendes Loch. Ringsherum war aufgeworfene Erde, und als sie mit der Hand über die Erde streifte, versengte sie sich. Die Hand blieb einen Monat lang versengt, aber man konnte keine Brandspuren sehen.

Ihr Vater, der das Zischen und das zweimalige Knallen gehört hatte, kam angelaufen; er dachte, es könnte eine Bombe sein, die irgendein vorbeifliegendes Flugzeug verloren hatte. Dann kam auch der Sohn ihres Bruders und erklärte, es müsse ein Meteorit sein; da wollte ihr Vater eilends einen Journalisten in Modena anrufen, der einen Artikel über den Meteoriten schreiben sollte, der auf seinen Acker gefallen war.

Sie betrachtete noch lange das Loch im Acker, das jetzt nicht mehr rauchte, und sah, daß Steinchen darin lagen. Sie holte sie mit einer kleinen Schaufel heraus und schüttete sie in einen Plastikeimer.

Als der Journalist kam, wollte er als erstes wissen: »Hat Eisenschmelzung stattgefunden?«, und sie zeigte ihm die Steinchen. Der Journalist sagte, eine Eisenschmelzung habe nicht stattgefunden und der Meteorit sei deshalb völlig uninteressant; es fielen nämlich sehr viele Meteoriten auf die Erde, die nur Steine seien, nur wenige seien eisenhaltig, was aber entscheidend sei.

Ihr Vater, der damit gerechnet hatte, berühmt zu werden, weil ein Meteorit auf seinen Acker gefallen war, war sehr enttäuscht. Sie hingegen hatte das Erscheinen des feurigen Balls am Himmel sehr erschüttert, und sie hoffte, die Prophezeiung des Arztes (die zweite) würde sich erfüllen.

Am nächsten Morgen lagen die Steinchen auf der Erde, der Boden des Plastikeimers war geschmolzen. Die Steinchen waren radioaktiv, und wenn man mit der Hand darüber streifte, juckten sie einen. Da füllte sie die Steinchen in Marmeladegläser und stellte sie in den Lagerraum.

Und hier passierte einiges, was sie beeindruckte. Das erste war, daß der Sohn ihres Bruders und eine Kusine von ihr wie gewöhnlich jeden Nachmittag (entsprechend ihrem Alter) zum Ficken in den Lagerraum gingen und ihnen beiden mittendrin die Beine juckten und das Jucken dann zwei Wochen anhielt. Eines Tages entdeckte sie, wie der Kater gegen eine Mauer sprang, weil ihn der Rücken juckte, an einem anderen Tag, wie eine Taube zitternd am Fenster des Lagerraumes saß, und schließlich, daß zwei Mäuse sich ihre Pfötchen abgebissen hatten, weil sie offensichtlich den Gläsern zu nahe gekommen und die Pfoten verseucht worden waren.

Beinahe ohne es zu bemerken, stieg sie ins Auto (sie hatte seit Jahren nicht mehr am Steuer gesessen) und fuhr nach Revere, dann nach Ostiglia, auf der Suche nach Büchern, die ihr erklärten, woher die Meteoriten kamen. Es erschien ihr wunderbar, daß diese Steinchen aus fernen Räumen, vielleicht sogar von den Sternen stammten, und sie hatte den Verdacht, daß die Radioaktivität auch in sie selbst eingedrungen war und sie zu etwas hintrieb, das ihr ein bißchen Angst machte, sie aber auch mehr lockte als alles übrige. Da sie nur an diese Dinge dachte, hatte sie gar nicht bemerkt, daß sie aus dem Haus und unter die Leute gegangen war, ohne sich um die Kritik der anderen und deren mangelnde Großmut zu kümmern.

Ein paar Wochen später stieg sie in einen Zug und fuhr zu dem jungen Arzt mit dem weißen Haar, um ihm zu erklären, daß sich seine Prophezeiung (die zweite) erfüllt hatte.

Ihre Seele, so sagte sie zu ihm, fühlte sich vielleicht von etwas angezogen, das außerhalb ihrer Person lag und vor ihrer Geburt schon da war, aber was es war, konnte sie nicht wissen. Deshalb dachte sie jetzt nicht mehr an ihre früheren Probleme.

Der Arzt war über dieses Ereignis sehr erfreut und riet ihr, um vollends zu genesen, sich neue Kleider zu kaufen. Er sagte, mit neuen Kleidern fühle man sich wie ein anderer Mensch, und das würde ihr sehr gut tun.

Einige Zeit später ging die Frau in eine Boutique in Modena und kaufte sich ein Kostüm und ein paar andere Kleidungsstücke, um die zu ersetzen, die sie nun schon trug, seitdem sie sich zu Hause eingeschlossen hatte. Und als sie in ihren neuen Kleidern unterwegs war, fühlte sie sich, als ob sie eine andere Frau wäre, die sie war und gleichzeitig nicht war.

Sie war nämlich mit den neuen Kleidern am Leib auf einmal schön geworden, also war sie nicht mehr sie, sondern eine andere Frau. Daß sie schön geworden war, stellten viele fest, unter ihnen auch die Männer von Revere, die sie jetzt anziehend fanden und ihr den Hof zu machen suchten, wenn sie sie sahen.

Überall, wo sie hinging, betrachtete sie die andere Frau von außen und sah ihr zu, wenn sie sprach, grüßte, in die Geschäfte ging, auf alle Fragen antwortete, wie es sich gehört, und höchst unbefangen immer das passende Gesicht schnitt. Und allmählich wurde ihr klar, daß die andere Frau alle kritisierte und nur Dinge sagte, die sie von anderen gehört hatte, diese aber immer so sagte, als hätte sie sie sich selbst ausgedacht, und deshalb war sie so unbefangen. Schließlich wurde ihr bewußt, daß die andere Frau alles genauso sagte und machte wie die anderen Leute und daß die anderen Leute alles genauso sagten und machten wie jene Frau, die beinahe mit ihr identisch und vielleicht eine Art Roboter war.

Aber da die andere Frau gut mit den Leuten auskam und sie obendrein alle faszinierend fanden, ließ sie sie gewähren, so war ihr das Leben recht.

Sie schrieb an den Arzt, um ihm zu sagen, daß sich auch seine erste Prophezeiung erfüllt hatte, da ihr nun endlich klar geworden war, daß sie genauso war wie alle anderen (das heißt, wenn nicht sie, so doch die andere, die alles an ihrer Stelle tat). Zum Dank für seine Hilfe schickte sie ihm auch ein Gedicht, das sie für ihn verfaßt hatte.

Es vergingen viele Monate. An einem Sommertag besuchte der junge Arzt die Frau in ihrem Haus auf dem Land in der Nähe von Revere, und da fragte sie ihn, was er von dem Gedicht halte, das sie für ihn verfaßt und ihm geschickt hatte.

Der Arzt sagte: »Es ist ein merkwürdiges Gedicht, bizarr und schwierig am Anfang, leicht und natürlich am Ende. Es ist wie Ihr Leben, das in seinem ersten Teil bizarr und schwierig war und nun besser geworden ist und immer besser werden wird, je älter Sie werden, wie es oft bei Menschen geht, die eine verworrene Jugend gehabt haben.«

Das war die dritte Prophezeiung des Arztes, und auch sie hat sich im Lauf der Jahre erfüllt, einfach indem die Tage und die Jahreszeiten und die wechselnden Gedanken vergingen.

Der junge Arzt, der seit geraumer Zeit in die Frau verliebt war – denn sie war eine faszinierende Frau –, bat sie eines schönen Tages, ihn zu heiraten. Und sie sagte ja, denn er hatte sich ja schon beim ersten Treffen zumindest ein wenig großmütig gezeigt.

Jetzt ist sie zweiundfünfzig Jahre alt, sie hat eine Tochter, und alles ist ihr recht. Wenn man älter wird, so sagt sie, lernt man, sich nicht mehr allzusehr um den Roboter zu kümmern, der alles für einen macht, der redet, wenn er reden soll, grüßt, wenn er grüßen soll, lacht, wenn man lachen muß. Da die Seele immer mehr von etwas angezogen wird, das außerhalb von einem liegt, lernt man (wenn man nicht dumm oder verbittert ist) auch, den Worten und Gedanken des anderen, der an Stelle von einem selbst mit den anderen verhandelt, nicht mehr zu glauben. Man lernt, seine ständigen Urteile lächerlich zu finden und sich darüber lustig zu machen, indem man mit sich selbst redet. Und indem man viel mit sich selbst redet, kann man auch großmütiger werden.

Geschichte von den unterschiedlichen Äußerungen
zwischen Mann und Frau

Der ist mein Mann. Wie wie wie er torkelt. Ich sage zu ihm:
Wie du torkelst, wie. Was sagt er? Märäräääh! Was heißt das?
(Er stützt sich auf den Tisch. Auf die Tischkante. Auf die
mit einer Bierpfütze versehene, von einer Likörpfütze be-
sudelte, morgen und die ganze Woche über und ein ganzes
Jahr lang fürchterlich stinkende Tischkante.)
      Mein Mann ist doch keine Ziege. Ich sage zu ihm: Bist du
eine Ziege denn? Märäräääh, sagt er. Was heißt das? (Ich bin
seine Frau und weiß es nicht.)

Geschichte mit einem
Instrument aus alter Zeit

Die schriftliche Mitteilung aus der Hand der Dame wurde
dem Türdiener übergeben, und die Botschaft aus der Hand
des Türdieners wurde dem Grafen überbracht.
      Der Graf (Kettenraucher, fickrig, noch vor Minuten im
Budget-Streit mit der Sozialdemokratie) erbrach das Siegel,
zerschnitt die Schnur, riß die angehängte Kappe vom Ur-
kundenbehälter, zog das beschriftete Papier heraus, las, las,
leckte mit der Zungenspitze von links nach rechts einmal
über seine Unterlippe, stieß, verärgert, die Urkunde zurück
in den Papierbehälter, ließ die angehängte Kappe hängen
und warf sie dem Türdiener samt Papprolle in die (zum Fan-
geballspiel) aufgehaltenen Hände.
      Die Botschaft wechselte über aus der Faust des Türdie-
ners in die Hand der Dame. Eine Droschke ablehnend, eilte
sie grußlos in ihr Gartengelaß, um (durch Hinhören auf den
atmenden Klang einer Windharfe, die noch verblieben war
aus alter Zeit) allmählich Kraft zu sammeln für eine schriftliche Mitteilung an den Grafen dieser scheiß Behandlung
wegen.

Chronik einer Liebe, die es nie gab

In der Ebene kommt Ende September der Abend schnell. Wenn die Bogenlampen angehen, geht der Tag ganz plötzlich zu Ende. Kurz zuvor hatte der Sonnenuntergang ein magisches Licht über die Ziegelmauern verbreitet, es war der metaphysische Augenblick der Stadt. Um diese Zeit kamen die Frauen aus den Häusern. In den Städten der Poebene waren die Frauen eine Kategorie der Realität. Die Männer warteten auf den Sonnenuntergang, um sie zu sehen. Die Männer hingen sehr am Geld, waren verschlagen, träge, mit einer Spur von Langeweile. Machte das Geld sie unruhig, wurden sie durch die Frauen besänftigt. In der Poebene liebten die Männer die Frauen mit Ironie. Sie betrachteten sie bei Sonnenuntergang, wie sie spazierengingen, und die Frauen wußten das. Nachts sah man Männer in Gruppen auf den Gehwegen stehen und reden. Sie redeten über Frauen. Oder über Geld.

Der Film, den ich im Sinn hatte, handelte von einer seltsamen Geschichte zwischen einem Mann und einer Frau in Ferrara. Seltsam für den, der nicht in dieser Stadt geboren ist. Nur wer aus Ferrara kommt, kann eine Beziehung verstehen, die elf Jahre dauerte, ohne daß es sie je gegeben hätte.

Die erste Idee zu diesem Film war anders als die, die ich erzählen will. Dazu angeregt hatte mich ein Freund an einem jener Abende, die in den frühen Morgenstunden im Geplauder an einer Straßenecke enden. Es war eine berühmte Ecke, die Ecke Via Savonarola/Via Praisolo. Über unseren Köpfen fiel eine Gedenktafel ins Auge mit der Aufschrift: »Aus nächtlichem Hinterhalt erstochen starb hier Ercole di Tito Strozzi, der hochgeschätzte Dichter und Philologe. 1508.« Wieder eine andere Geschichte.

Die meines Freundes hatte einen jungen Mann zum Protagonisten, der in ein Mädchen verliebt war, das seine Neigung aber nicht erwiderte. Nicht, daß ihr der junge

Mann nicht gefallen hätte. Ganz im Gegenteil. Ihr Instinkt ließ sie nein sagen. Der junge Mann fuhr jedoch fort, ihr den Hof zu machen, und er tat dies über Jahre hin. Alle in der Stadt kannten und verfolgten den Verlauf ihrer seltsamen Geschichte und sprachen darüber. Aber das Mädchen blieb bei ihrem Nein. Bis sie eines schönen Tages nachgab. Der junge Mann brachte sie in seine Junggesellenbude, zog sie aus, und sie ließ es geschehen. Sie war gefügig und sanft geworden. Er brachte sie in Erregung, um von ihr Besitz zu ergreifen. Aber genau in dem Moment, als er drauf und dran war, es zu tun, zog er sich zurück und sagte:

»Ich habe dich besiegt.«

Er kleidete sich wieder an und ging fort, ohne noch ein Wort zu verlieren.

Mit diesem ironisch-emphatischen Satz, der in den Chroniken der Ferrareser Liebesgeschichten berühmt bleiben sollte, beginnt erst die eigentliche Geschichte dieser beiden seltsamen Liebenden.

Zu weiteren Begegnungen zwischen ihnen kam es nicht, es sei denn aus Zufall auf der Straße. Aber sie blieb für alle sein Mädchen und er ihr Mann. Beide hatten andere Abenteuer, andere Lieben, aber keiner von beiden heiratete. Über allem – oder allem zugrundeliegend – gab es diese gegenseitige abstrakte Treue. Die, glaube ich, das ganze Leben dauerte.

Als mir das Buch von Giuseppe Raimondi, *Notizie dall'Emilia,* in die Hände fiel, stellte ich eine Ähnlichkeit zwischen einer der Erzählungen und dieser Geschichte fest. Und so kam mir durch meine berufsbedingte Deformation die Idee zu einer dritten Geschichte, in der sich Elemente der einen und der anderen zusammenfügten. Ich habe sie geschrieben und mir dabei auch Formulierungen von Raimondi ausgeliehen. In der Literatur ist das nicht erlaubt, im Film aber schon. Denn die Worte, die nicht Dialog sind, sondern geistige und seelische Zustände oder Bilder beschreiben, zählen in einem Drehbuch nicht, sie stehen dort nur provisorisch, um etwas anderes anzudeuten – eben den Film.

Es war das erste Mal, daß ich mich von der Vergangenheit in Versuchung führen ließ. Die Leinwand hat immer mit der Geschichte gespielt. Nur wenigen Regisseuren ist es gelungen, ihren Besuchen vergangener Zeiten Glaubwürdigkeit zu verleihen. Eisenstein natürlich und Kurosawa oder Tarkowskij in *Andrej Rubljow* oder Straub in *Chronik der Anna Magdalena Bach* oder Rossellini in *La prise du pouvoir par Louis XIV.* oder Kubrick in der ersten Einstellung der *Odyssee im Weltraum*. Aber dort handelte es sich um nicht weit zurückliegende Zeiten, die Erinnerungen waren noch in Reichweite. Mich reizte vor allem der Gedanke, Ferrara nach einer imaginären Chronologie zu behandeln, in der die Ereignisse einer Epoche sich mit denen einer anderen vermischen sollten. Denn das macht für mich Ferrara aus.

Es ist fast fünf, als Silvano das Kino betritt. Das Kino, ein altes Theater mit grün gestrichenen Wänden, hat eine glänzende Patina angesetzt, die an angelaufene Bronze erinnert. Der Film, der gezeigt wird, erzählt von Liebe und Politik. Silvano mag Politik im Film, mit und ohne Liebe. Er hat zweimal *Der Mann, der herrschen wollte* gesehen. Nach dem ersten Teil geht im Saal das Licht an. Alle sehen sich um, auch Silvano. Neugierige und zudringliche Blicke kreuzen sich. Einer davon fixiert Silvano und fordert ihn zur Erwiderung heraus. Es ist ein aufmerksamer und verschmitzter Blick, der aus der kurzen Unterbrechung im Ablauf der Zeit eine Erinnerung hervorlockt. Er kommt aus einem Gesicht, das sein Alter, über dreißig, nicht verbirgt. Die Frau schaut und läßt sich anschauen. Es ist, als frage sie: erinnerst du dich nicht?

Silvano erinnert sich undeutlich. War es doch die Zeit, in der alles sich ihm zuwandte, auch die Gesichter. Und es gelingt ihm nicht, dieses hier einzuordnen. Ein starkes Gefühl überfällt ihn, als es im Saal wieder dunkel wird. Zu viele neue Jahre sind dazugekommen, zu jenem Jahr, das schon elf Jahre alt ist. Plötzlich sieht er das neoklassische Profil des unbekannten Mädchens aus Ferrara wieder vor sich.

Ein Novembermorgen in einer Kleinbahn, die durch die Ebene fährt, auf die Lagunen, die Landstriche zu, wo das Meer vermodert. Eine Sonne, armselig wie die Arbeiter, die auf sie warten, um die Rohre für eine Wasserleitung zu verlegen. Ein Bahnhof. Ein gemietetes Auto. Eine Straße voller Schlamm. Auf der Straße kommt ein Mädchen, ihr Fahrrad schiebend. Silvano hält den Wagen an, um sie nicht mit Schlamm zu bespritzen, und das Mädchen dreht sich um und sagt danke. Eine leise, ernste Stimme.

Der junge Mann hat sich in der Dorfschenke ein Zimmer genommen; als er zum Essen herunterkommt, ist das Mädchen da. Es gibt Tische mit und ohne Tischdecke. An denen ohne sitzen die Arbeiter. Sie essen Kürbiskerne und trinken, spielen dabei Karten. Das Mädchen läßt es zu, daß Silvano an ihren Tisch kommt. Sie reden miteinander. Und später, nachdem sie eine ganze Weile still geblieben sind, gehen sie zusammen hinaus. Sogar der Mond schickt sich an, Silvano zu helfen, ein weißer Mond, dessen Licht durch den Nebel zerstreut wird wie durch mattes Glas. Die beiden jungen Leute nehmen das Gespräch wieder auf. Er, um etwas über sich mitzuteilen, sie, um von ihrem Leben als Lehrerin und von ihrer in Armut verbrachten Kindheit zu erzählen. Sie heißt Carmen und ist vierundzwanzig Jahre alt. Eine Spur Melancholie liegt in ihren Reden. Es ist angenehm, im feuchten Abend Arm in Arm zu gehen und sich ernst zu nehmen. Das Lagunenwasser hat die Farbe von Eisen. Wenn ein Schuß zu hören ist, bedeutet das, daß Raubfischer entdeckt worden sind und verfolgt werden.

Die beiden jungen Leute küssen sich mit großer Natürlichkeit und reden weiter. Er hat noch nie einen Menschen getroffen, bei dem es so selbstverständlich ist, sich zu öffnen, und er hat nie geglaubt, daß das mit einer Frau möglich wäre. Und sie, daß ein Mann so viel zu sagen haben könnte. In dieser Gegend machen die Leute nicht viel Worte. So schweigen sie – als wären die Worte ausgeschöpft – bei der Rückkehr in die Gastwirtschaft, in der auch sie wohnt. Auf der Treppe versucht er einen scherzhaften Satz, um die romantische Atmosphäre, die entstanden ist, aufzubrechen. Oder um seine Geduld zu beweisen, die ebenfalls eine Qualität der Liebe ist. Und als er das Mädchen fragt, wo ihr Zimmer sei, antwortet sie ganz offen, das letzte rechts. Und sie geht, wobei sie sich den Mantel in der Taille enger zuschnürt, eine Geste, die sie schmächtiger, demütig und schon ergeben macht. Bevor sie in das Zimmer hineingeht, dreht sie sich um, wie um zu sagen, ich erwarte dich. Silvano lächelt ihr von weitem zu.

Dann geht auch er auf sein Zimmer. Er ist froh und heiter. Er wäscht sich das Gesicht mit kaltem Wasser und fängt an, sich auszuziehen. Er denkt an nichts. Nicht einmal er weiß, wie sehr sein Gemütszustand durch jenes Maß an männlicher Befriedigung verursacht ist, die das Mädchen ihm schon verschafft hat. Mehrmals öffnet er die Tür, um zu ihr zu gehen. Aber immer schließt er sie wieder, weil er denkt, es sei zu früh, es sei richtig, ihr Zeit zu lassen, oder wenig männlich, sich ungeduldig zu zeigen. Sein Verhalten ist aus der Geschichte erklärbar. Man muß die Willensschwäche dieser Stadt kennen, aus der er kommt. Die grausame Ernüchterung, den Sarkasmus. Jahrhundertelange Herrschaft, Papstherrschaft vor allem.

Silvano legt sich aufs Bett und schläft ein. Die Nacht ist schnell vorüber. Am nächsten Morgen steht er auf und geht hinunter in den Vorraum. Man sagt ihm, die Signorina schlafe noch. Silvano denkt an Blumen, aber im Sumpf wachsen keine Blumen. Auf einer Anrichte sieht er eine Obstschale voll Birnen und sagt dem Wirt, er solle sie der Signorina schicken mit einem Briefchen, das er schreibt.

Zu jener Zeit hatte Ferrara einen geheimen Zauber: in einer unbeschwerten und aristokratischen Art bot es sich seinen Einwohnern, aber nur ihnen, dar. Die Bauern kamen jeden Montag auf dem Domplatz zusammen, um ihre Geschäfte zu machen. Ein kräftiger Druck dreier Hände schloß die Verhandlungen ab. Die dritte war die des Vermittlers. Dann verschwanden die Bauern für den Rest der Woche, ließen aber in der Luft die Geräusche spitzfindiger, langjähriger Streitigkeiten zurück, an denen die Advokaten sich mästeten. Die Advokaten waren mit Arbeit überladen. Sie waren gern gesehen und gefürchtet. Einer von ihnen schrieb die Theaterkritiken im Lokalblatt und stand mit wenigen anderen Akademikern zusammen auf der Gästeliste des Präfekten. Der Präfekt galt damals als erster Bürger der Stadt und gab hin und wieder Bälle in der Präfektur. Es war ein Privileg, eingeladen zu werden. Das Kavallerieregiment Florenz organisierte jedes Jahr ein Pferderennen, am letzten Tag gab es das Araberturnier. Die Araber kamen aus Libyen, das damals eine italienische Kolonie war. Sie trugen einen weißen Barrakhan und ritten auf weißen Pferdchen, Krummsäbel schwingend, in einer großen Staubwolke. Es wurden auch Revuestücke inszeniert, an denen die Aristokratie teilnahm, weil es Wohltätigkeitsveranstaltungen waren. Die Mädchen aus dem Volk kamen gegen Abend aus den Fabriken, auf Fahrrädern, die Röcke im Wind. Sie sahen schön aus, weil sie vergnügt waren. Sie waren vergnügt, weil sie zum Rendezvous mit ihren Liebsten wollten, auf den alten Stadtmauern oder in den Hanffeldern draußen vor der Stadt. Von den grünen Hanfblüten stieg ein Duft aphrodisierender Pollen auf, der betäubend über die Stadt fiel. Er betäubte sogar die Faschisten, die in schamlose Ausschweifung versunken waren – provinziell und mit frondeurhaftem Getue.

Ich hätte dieses Thema gern vertieft, aber meine damaligen Produzenten waren anderer Meinung. Sie hatten Sympathien für die Jugendlichen der Bourgeoisie, die Tennis spielten oder auf verwinkelter Schatzsuche die Stadt durchstreiften oder mit Motorbooten auf dem Po hin und her fuhren und ebenso exotische wie erotische Wochenenden auf der Isola Bianca mitten im Fluß vor Pontelagoscuro verbrachten. Der Strom öffnete sich an dieser Stelle, und die Insel tauchte wie ein Stück Dschungel mitten aus einem hiesigen Amazonas auf.

Es war eine Zeit, in der der Faschismus eine gewisse Tendenz zur Vereinheitlichung zeigte, aber gleichzeitig begrenzte Zerstreuungen förderte, von den weißen Telefonen im Kino bis zu den öffentlichen Tanzdielen, die damals eine Blüte erlebten. Auch der Handel blühte. Darben mußten hingegen die Künstler. Ein Maler namens De Vicenzi mühte sich – mit Landschaftsbildern von der Stadt und ihrer Umgebung unter einem blauen, mit Polentastücken übersäten Himmel à la Gauguin – sehr um das Interesse der wenigen Intellektuellen. Die Polentastücke waren die Wolken. Zu seinen Ausstellungen ging fast niemand. Kunst war zu der Zeit in Ferrara eine Sache der Vergangenheit.

Wenn Silvano seine Altersgenossen mit Tennisschlägern vorübergehen sieht, betrachtet er sie mit Neid, aber zugleich mit einem gewissen Abstand; so vergißt er sie sofort. Auch weil er in ein Mädchen verliebt ist, das er allerdings selten sieht. Er ist weiterhin in dieses Mädchen verliebt, das er nie besessen hat, sei es aus dummem Stolz, aus unglückseliger Zurückhaltung oder einfach aus Willensschwäche. Oder aus Irrsinn, dem stillen Irrsinn seiner Stadt. Er hört von dem Mädchen, man redet von ihr. Der Raum ist begrenzt – eine kleine Provinzhauptstadt –, und die Nachrichten, die Carmen betreffen, werden von Silvano magnetisch angezogen. Ihr geht es ebenso. Zärtlichkeit, Sorgen, Eifersucht, Überdruß, alles, was das Auf und Ab im Zusammenleben eines Mannes und einer Frau ausmacht, das erleben diese beiden sonderbaren Liebenden getrennt voneinander.

Aber allmählich läßt, wie es so ist bei zunehmender Entfernung, die Spannung nach, die sie zusammengehalten hat. Silvano zieht in eine andere Stadt, nach Adria zum Beispiel. Carmen wechselt weiter von einem Ort zum andern, je nachdem, wohin der Schulinspektor sie schickt. Sie hat ein Kind, das ihr mit zwei Jahren stirbt.

Im Saal geht das Licht wieder an. Der Film ist zu Ende. Das Publikum hat es eilig, hinauszukommen. Vor dem Eingang wartet Silvano auf die Frau; als er sie sieht, geht er ihr entgegen. Es bedarf nicht vieler Worte. Es ist, als wären sie erst vor wenigen Tagen auseinandergegangen. Keine Anspielung auf die Vergangenheit. Seltsamerweise sind sie von großer Eile ergriffen, ein Zug der Gegenwart. Sie gehen sofort zu ihr nach Hause. Ein altes, baufälliges Haus mit Pappeln davor und unter den Pappeln Tischchen eines Cafés. Die Wohnung drinnen sieht wie die eines Mannes aus. So sehr, daß Silvano spontan Fragen stellen würde, wenn ihn nicht die Furcht zurückhielte, eifersüchtig zu erscheinen. Und so beschränkt er sich darauf, Carmen zu beobachten. Die Frau ist besser gekleidet, und das mißfällt ihm. Er mochte immer gern verschlissene und abgetragene Kleidung, die nicht schmückt, die dem Körper darunter nichts hinzufügt, sondern eher etwas wegnimmt. Das Kleid, das Carmen trägt, hebt ihre Hüften hervor und betont eine gewisse Müdigkeit in ihrem Gesicht.

Das Grün der Pappeln dringt zum Fenster herein und bringt einen Geruch nach Feuchtigkeit mit sich. Silvano und Carmen beschließen, daß sie Hunger haben, und sie kocht etwas. Während sie essen, kommt Wind auf. Ein leises Gespräch der Pappeln beginnt. Die beiden dagegen schweigen. Vielleicht ahnen sie, daß – fingen sie an zu reden – ihre Argumente, ihre Gründe ein unerträgliches Gewicht bekämen und andere Gefühle: Bedauern, Resignation, Enttäuschung, Scham, Groll an die Stelle jener Sanftheit träten, die sie jetzt erfüllt. Eine Sanftheit, in die sie sich einsinken fühlen, wie man in hohes Gras sinkt. Carmen erzählt von einem Brief, den sie gerade von einem ehemaligen Liebhaber erhalten hat. Ein sehr zärtlicher Brief. Und sofort werden ihre Augen feucht. Sie sieht Silvano an, als wolle sie ihm sagen, so bist oder wärst du nie gewesen. Sie streckt ihm die Hand hin, er nimmt sie und bricht in Lachen aus. Über sich selbst, vielleicht, oder über ihre beiden Hände über einem Schinkenomelett.

Ihre Geschichte, die von so vielen vergeblichen Stunden geprägt ist, ist gegenwärtig, ob sie sich dessen bewußt sind oder nicht. Die Stunde, die sie gerade durchleben, zu nutzen, das würde eine Phantasie erfordern, die keiner von beiden hat: die Phantasie, nacheinander alle diese Minuten, die Gesten, die Worte und die Farben der Wände und der Bäume draußen vor dem Fenster und der Ziegel in der Fassade gegenüber zu erfinden.

Statt dessen weiß Silvano nichts anderes zu tun, als von hinten an die Frau heranzutreten und sich nach kurzem Zögern vorzubeugen, um sie zu küssen. Carmen hebt eine Hand, um ihn aufzuhalten. Es ist eine zögernde Bewegung, die das Gegenteil bedeuten soll. Aber Silvano zieht sich zurück.

Wenig bleibt noch zu erzählen. Der Augenblick, in dem Silvano beschließt zu gehen, ist einer von vielen, die auf diesen Versuch folgen. Vermutlich als Carmen einmal länger in der Küche bleibt. Silvano geht die dunkle Treppe wieder hinunter und tritt aus der Haustür. Er hebt das Gesicht und sieht zu dem leeren Fenster hinauf. Zwei Männer, die an einem Tischchen des Cafés vor Vanilleeis sitzen, drehen sich um und betrachten ihn. Wären nicht diese beiden Zeugen und ein Frauenname, Malvina, der in ihren Reden mehrfach fällt, Silvano würde wieder umkehren. Er wünscht es sich mit aller Kraft. Als er geht, fühlt er sich wie ein Schauspieler, der eine Rolle spielt, die ihm aufgezwungen wurde.

Die Straße, in die er eingebogen ist, ist verlassen, so wie es alle Straßen dieser Stadt abends gewesen sein müssen zu der Zeit, als Ercole Strozzi erstochen wurde. Sein Körper wurde am nächsten Morgen gefunden, eingewickelt in den Mantel, von zweiundzwanzig Dolchstichen getroffen und mit herausgerissenen Haaren. Dreizehn Tage vorher hatte er Barbara Torelli geheiratet, mit der er zusammenlebte. Das allgemeine Gerücht klagt den Herzog von Este, Alfonso I., der Tat an, er soll in die Torelli verliebt gewesen sein. Aber G. A. Barotti stellt in seinen *Memorie istoriche di letterati ferraresi* von 1772 die Hypothese auf, der Herzog sei auf seine Frau Lucrezia Borgia eifersüchtig gewesen. Fest steht, daß Papst Julius II., der Alfonso wegen dessen Bündnis mit Frankreich zürnte, in einer dem Gesandten von Este gewährten Audienz gegen ihn wetterte, wobei er ihm unter anderem den Tod Strozzis zum Vorwurf machte.

Aber das ist, wie ich schon sagte, wieder eine andere Liebesgeschichte aus Ferrara.

Das Lieben

Das Lieben ist schön.
Schöner als Singen.
Das Lieben hat zwei Personen.
Das ist beim Lieben der Kummer.
HEINAR KIPPHARDT/ALEXANDER MÄRZ

An einem tiefblauen Tag kam ein Mann in einen Bergort,
der schwarz war von Dunst und zwischen hohen Gipfeln im
Schnee begraben lag: Er ging unter den niedrigen Arkaden
entlang und blieb vor einem Souvenirladen stehen, er sah
ein Tiroler Pärchen mit der Aufschrift *Zwei Herzen* und mit
einem Mal erinnerte er sich an ein blondes, rosiges, immer
als Tirolerin gekleidetes Mädchen, dem er begegnete, wenn
er zur Schule ging. Sie sahen sich dann an und erröteten, und
eines Abends traf er sie auf einer schmalen, halbverlassenen
Straße, bekleidet mit einem Mantel aus rotem Filz mit Kapuze (es schneite), er nahm ihre Hand, und nach einer Weile
küßte er sie erst auf eine Wange, die sehr kalt war, dann auf
den roten Mund, sie sah ihn dabei mit offenen, reglosen
blauen Augen an.

»Wie heißt du?« fragte der Junge und sie antwortete,
immer noch mit weit geöffneten Augen, ganz langsam:
»Cu-o-re«. Dann sahen sie sich nicht mehr, und die Jahre
vergingen.

Während der Mann die beiden Puppen betrachtete,
fragte er sich, wo sie in diesem Augenblick wohl sein könnte,
ob sie lebte oder vielleicht nicht mehr, auch am Nachmittag
und am Abend dachte er noch an sie, und seine Neugierde,
sie wiederzusehen, war groß. Ein wenig verlegen rief er
vergessene Jugendfreunde an, erklärte sein Anliegen, da
er aber nichts von ihr wußte, nur den Vornamen, nicht den
Familiennamen, konnte sich niemand an irgend etwas erinnern. Schließlich fand er jemanden mit einem besseren Gedächtnis als die anderen, einen Botaniker mit einem krausen
Bärtchen, der in die Vergangenheit versank, ihm erklärte,
daß sie verheiratet sei, mit zwei Kindern, in einer Stadt,
die nicht weit entfernt war von dem Ort, in dem er sich im
Augenblick befand; er machte sogar eine Telefonnummer
ausfindig.

Der Mann rief die Nummer an und hörte die Stimme
einer Sprechpuppe antworten; sie war es selbst, und sie

sagte, sie könne sich an alles erinnern und würde ihn gerne wiedersehen.

»Hast du noch Zöpfe?« fragte der Mann.

»Nein, ich habe kurze Haare.«

»Wie kurz?« fragte er weiter, ohne zu wissen warum, und sie antwortete: »Normal kurz.«

Der Mann sagte, daß er sich an sie als Tirolerin erinnere; sie erinnerte ihn daran, daß so viele Jahre vergangen waren, daß sie jetzt ›eine Frau mittleren Alters‹ sei, daß sie vielleicht eine Enttäuschung für ihn wäre und daß es vielleicht ›das Klügste‹ wäre, sich gar nicht zu sehen. Dann fügte sie noch einen Satz hinzu, der dem Mann sehr schön erschien:

»Auf jeden Fall, auch wenn du keine Lust hast, mich wiederzusehen, ich möchte dich sehr gerne wiedersehen.«

Der Mann fragte sie nach ihrem jetzigen Namen, die Frau lachte und sagte: »Es ist der Name eines der sieben Zwerge, du mußt raten.«

Der Mann sträubte sich (wer erinnerte sich schon an die Namen der sieben Zwerge?), er mußte mit ihrer Hilfe alle Namen aufsagen, bis er zum richtigen kam: Dotto. Die Frau stieß am Telefon einen kurzen Schrei aus.

»Und welcher Arbeit geht Signor Dotto nach?«

»Er ist Nahrungsmittelvertreter.«

Es entstand eine lange Pause, dann verabschiedeten sie sich mit dem Eindruck, daß sie sich viele Dinge zu sagen hatten. »Vielleicht ist sie ein bißchen verrückt, oder auch nur dumm«, sagte sich der Mann, aber, ohne es zu wollen, dachte er weiter an sie, in jener Nacht träumte er von ihr, wie er sich an sie erinnerte, als Tirolerin gekleidet, mit Porzellanaugen zwischen langen schwarzen Wimpern mit Schnee darauf, vollkommen reglos und lächelnd.

Am nächsten Tag rief er sie noch einmal an, aber sie war nicht zu Hause, er sprach mit einem Jungen, der eine strenge Stimme hatte und ahnte, daß etwas in der Luft dieses Winters lag.

Um fünf Uhr nachmittags (er hatte ihr gesagt, daß sie ihn immer um diese Zeit erreichen könne), ganz pünktlich, hörte er ihre bedächtige Stimme. Sie blieben eine Weile am Telefon und redeten miteinander, sie sagte, daß sie sehr in ihn verliebt gewesen sei (sie war damals zwölf Jahre alt gewesen), sie überzeugte ihn, und er überzeugte sie von demselben.

»Bist du es immer noch?« fragte der Mann und errötete (er hatte mit solchen Abenteuern nichts im Sinn), und ihre Stimme sagte nach einer langen Pause: »Ich bin verheiratet, wie könnte ich zwei Männer gleichzeitig lieben?« In ihrer Stimme lag großes Staunen, aber kein Tadel, und er wußte nicht, was er antworten sollte. Er sagte ihr, daß er sich tags darauf einige Stunden in der Stadt, in der sie wohnte, aufhalten würde. Sie verabredeten sich vor dem Dom, und er fragte sie nach ihrer Konfektionsgröße, weil er ihr ein Geschenk mitbringen wollte. »Sechsunddreißig, achtunddreißig«, sagte sie glücklich, »aber mach dir bitte keine Umstände.«

Der Mann trat in den Schnee hinaus, verwirrt und beschwingt, er ging in den Souvenirladen, erstand ein Dirndl (die Größe stimmte nicht genau) und machte sich auf den Weg. Während der Fahrt kam ihm fast vollständig der Film *Schneewittchen und die Sieben Zwerge* in den Sinn, wobei ihm auch die an der Straße gelegenen Wälder behilflich waren, und ohne es zu merken, stürzte er in jenen Zustand von Unwirklichkeit, der immer wichtigen Ereignissen im Leben vorausgeht und sie begleitet. Als er vor dem Dom ankam, erblickte er sie sofort zwischen den Passanten: Sie schien ihm unverändert, dasselbe langsame und erstaunte Mädchen wie vor dreißig Jahren.

»Ciao, Cuore«, sagte er, und das Herz schlug ihm bis zum Hals, »du bist ganz dieselbe«, und die Frau stieg ins Auto und sagte lächelnd mit ihrer langsamen und sanften Stimme: »Ciao, auch du bist derselbe.«

Sie fuhren übers Land und an einem Fluß entlang durch den Wald, zwei Stunden lang. Sie redeten, vor allem sie, sehr intelligent und naiv, wie im Märchen, in einfacher und sehr klarer Sprache. Sie drangen tiefer in den Wald ein, wo sie das Dirndl anprobieren wollte, und als sie es anhatte, sagte sie: »Oh, was für ein dunkler Wald«, und nahm ihn bei der Hand; als sie wieder herauskamen, zeigte sie auf das niedrig stehende Getreide auf den Feldern und sagte: »Das Gras ist schon grün.« Auch ihr rundliches rosiges Gesicht mit den großen blauen, weit geöffneten Augen und dem runden rosafarbenen Mund waren natürlich und sehr rein, und der Mann küßte sie: Wie damals stand sie reglos da und sah ihn mit offenen Augen an.

Auf der Rückfahrt fragte der Mann sie: »Gestern, als du am Telefon mit mir gesprochen hast, haben deine Kinder da gehört, was du sagtest?«

Sie wurde ernst: »Ja, es gab auch eine Auseinandersetzung mit meinem Mann. Er ist ein Starrkopf. Er hat gesagt: ›Was will er denn?‹«

Der Mann merkte, daß ihr Gesicht ein wenig verfinstert war und zerstreut wie das von Kindern, die über etwas nicht sprechen wollen oder im Begriff sind zu lügen.

»Und was hast du geantwortet?«

»Nichts, ich habe gesagt, du willst nichts.«

Der Mann beharrte darauf, noch mehr zu erfahren, aber sie war zerstreut und sah vor sich hin, da wechselte er das Thema. Er fragte sie, ob sie ein Auto habe. Die Frau lachte und sagte: »Mein Mann will nicht, daß ich Autofahren lerne, er sagt, ich sei dumm.«

»Und was machst du den ganzen Tag?«

»Ich bleibe zu Hause, mein Mann will nicht, daß ich ausgehe, er sagt, ich könne nicht einmal die Straße überqueren, stell dir vor. Ich verlasse das Haus nur morgens, um einzukaufen, aber da begleitet mich der Ladenjunge.«

»Hast du kein Hausmädchen?«

»Nein.«

Der Mann hatte während der ganzen Fahrt ihre Hand in der seinen gehalten, einmal küßte er sie, sie roch nach einer einfachen und sehr gängigen Seife; dann küßte er sie auf die Wange und roch den Duft eines Kinderpuders, das auch sehr bekannt war.

»Ich bin sehr glücklich, daß ich dich wiedergesehen habe«, sagte sie und nahm sorgfältig die Schachtel mit dem Dirndl an sich, »und gern würde ich dich immer sehen.« Nach diesem Satz, den sie mit ruhiger und glücklicher Stimme ausgesprochen hatte, fügte sie hinzu: »Du auch?«

Der Mann bejahte durch ein Nicken des Kopfes, und während die Frau aus dem Auto stieg, hörte er sie sagen: »Ich werde dich immer um fünf Uhr anrufen.«

Von diesem Tag an trafen sie sich immer öfter in der Art und zu den Stunden, in denen Geliebte sich sehen, der Mann fragte nie mehr nach ihrem Ehemann und der Familie, sie sprach selten darüber; wenn sie aber darüber sprach, dann wurde ihr Gesicht abwesend. Ihre Bekanntschaft ging nicht viel weiter: Wenn sie sich trafen, sprach der Mann wenig, versunken in das Staunen, in das sie ihn mit ihren Worten und Ausrufen verwickelte, aber auch mit ihren Liebkosungen und den blauen Augen, geöffnet beim Küssen und geschlossen mit den langen schwarzen Wimpern, wenn sie schlief.

Manchmal war der Mann ein wenig unruhig, aber er äußerte es ihr gegenüber nicht, weil er nicht wußte wie. Also sagte er, fast wie zu sich selbst: »Du bist dieselbe geblieben«, und sie antwortete: »Auch du bist derselbe.« Der Mann wußte allerdings sehr genau, daß alles, was menschlich ist, auftaucht und wieder verschwindet, und vielleicht war dies der Grund für seine Unruhe. Sie sahen sich vier Jahre lang, und in dieser Zeit war ihnen, als blieben sie jung und glücklich, dann, eines schönen Tages, kam sie nicht mehr, und er konnte nie wieder etwas von ihr erfahren.

OTTO JÄGERSBERG   *Die Sinnlichkeit der Frauen*

Ach die Sinnlichkeit der Frauen
ist ein seltsam Ding
Ganz selten für Sekunden nur
fühlen wir Aha so läuft das also
aber dann ist es auch schon wieder
vorbei

Frauenart warum gibt es das nur
Selbst der kleine Wühler
der Grottenforscher und Hausgeologe
weiß nicht weiter

Überall wahrlich überall vermuten wir
bei den Frauen den Sitz der Sinnlichkeit
Es ist zum Verrücktwerden wo ist nur
der geheimnisvolle Sitz der Sinnlichkeit
(Die Frauen kennen ihn
angeblich selbst nicht)

Wir erforschen die entlegensten Körpergegenden
bringen Markierungszeichen an
Wegweiser für unsere Nachfolger
nur unerschrocken weiter Jungs
hier gehts lang
dies ist der richtige Weg
zum Sitz der Sinnlichkeit

Denkste
Bei dieser erfolglosen Sucherei
bleiben wir ewig kleine Jungen
Die Frauen gehen längst herum
mit ihren frischen Hintern wie duftende
krustige Brotlaibe vom Schwarzwaldbäcker
und pfeifen auf den Sitz ihrer Sinnlichkeit
Spottlieder

Satz und Kuß

Gaby und Helmut gehen Hand in Hand spazieren

GABY: Erst sag!
HELMUT: Warum?
GABY: Vorher gibts gar nichts.
HELMUT: Warum, du bist doch kein Kind, das geht heute nicht mehr.
GABY: Dann darfst du, aber vorher mußt dus sagen. Sowas von
    schäbig.
HELMUT: Ich kauf dir lieber was!
GABY: Meine Hand her, jetzt läßt du dafür auch die Hand los!
HELMUT: Gut, wenn du mir so kommst, dann hängts mir auch
    schon zum Hals raus. Wegen mir ›Ich liebe dich, Ich liebe dich‹,
    Scheiße nochmal.

                                    WOLFGANG DEICHSEL

meine herrn, um einmal auszuschweifen,
will ich die gelegenheit ergreifen,

    und ich pfeife hier im speisesaal
    einmal ordentlich auf die moral,

sagt die witwe zu dem netten fetten
attaché, im rauch der zigaretten.

    meine damen, sagt sie, meine herrn:
    heute abend kommen wir zum kern.

weil: nach einem üppigen verzehr,
da empfiehlt sich der geschlechtsverkehr,

    sorgenlos beim sitzen auf den stühlen
    werden wir uns ins vergnügen wühlen,

oder gar auf den gedeckten tischen,
und zwar ohne sie erst abzuwischen.

    freundlich legt sie sich auf ihren bauch,
    wie gesagt: im zigarettenrauch.

alle herren, die gerade saßen,
springen jubelnd auf und sie erfassen

    ihre gläser: dreimal hoch, madam,
    das ist ein vorzügliches programm.

der tenor ruft: bitte sehr, gnä frau,
zeigen sie uns ihren körperbau.

    etwas knackt. man hört die witwe lachen,
    noch ist nichts genaues auszumachen.

knipsend öffnet sie die puderdose,
und vom tisch tropft etwas bratensoße,

    und es tropft auch etwas vom ragout
    weich hinunter über ihr dessous,

denn den glockenrock hat sie nach oben
bis zu ihrem hals hinaufgehoben.

    dann hört man den knick von einem knie.
    meine herren, worauf warten sie?

plötzlich sieht man alle herren hüpfen
und beim hüpfen aus den hosen schlüpfen.

    oben unten mitte links und rechts
    sieht man viele teile des geschlechts.

ach die herren aus den höchsten kreisen
wollen ihre leidenschaft beweisen

    und sie gießen eine flasche henkel
    trocken über ihre schönen schenkel

liebe zeit, sie machen mich ja naß,
sagt die witwe, warum tun sie das?

    rasch sind ihre worte fortgeschwommen.
    mittlerweile hat sie platz genommen.

hoch auf dem direktor, mit den lenden,
sitzt sie und umfaßt ihn mit den händen,

    und sie hebt noch eine kleiderschicht.
    meine dame, nein, es geht jetzt nicht,

sagt der lord, der den direktor stützt,
denn was nützt es, wenn es gar nichts nützt.

    auch der graf ist über alle maßen
    ausgelöffelt oder ausgeblasen.

rechts hat sich der dunkle gast ergossen.
links ist der minister fortgeflossen.

    der bankier, am ende seiner kraft,
    wird vom unbekannten fortgeschafft.

schlaff am boden liegt ein aufgeknöpfter
neger nackt, ein ganz und gar erschöpfter.

    nur professor doktor winternitz
    ruft: madam, gleich bin ich auf dem piz!

herrschaft! ruft er, himmel! meine güte!
gott behüte, sagt sie, ich ermüde.

    ist das wirklich alles schon gewesen?
    fragt die witwe gähnend den chinesen,

denn mit stäbchen und mit liebesmücken
kann man mich auf keinen fall entzücken.

    alles ist verschwommen und verschmiert
    aber sonst ist nicht sehr viel passiert.

unterdessen hat mit den komtessen
waldman schokoladenmus gegessen,

    und er hat nur einmal hingeschaut:
    meine herren, bitte nicht so laut.

jetzt erhebt er sich von seinem platz,
klopft ans glas und sagt nur einen satz:

    waldmann, dieser liebling aller damen,
    waldmann sagt: nun gut, in gottes namen.

plötzlich platzt etwas und jeder sieht:
waldmann steht, die schwarze witwe kniet.

    mitten in die witwe, tief gebückt,
    hat hans waldmann sich hineingedrückt.

und sie zuckt und schäumt und rauscht und haucht
faucht und schwimmt in ihre lust getaucht

    keuchend feucht in ihrem trieb und drang
    aufgestülpt in ihrem überschwang.

aus den dunklen winkeln aus dem mund
kommt ein schrei so wild und wund so rund.

    weiter! schreit sie und dann schreit sie: jetzt!
    danach hat sich waldmann hingesetzt.

waldmann schweigt. so wechseln hier die szenen.
seufzend sieht man sich die witwe dehnen.

    waldmann ist dann unter sie geglitten
    und sie ist auf ihm davongeritten.

ach, sie ritten über sieben tage.
dann war waldmann wieder herr der lage.

    meine herrn, die sache ist vorbei.
    waldmann schlürft sein vierminutenei.

PETER RÜHMKORF   *Bocks-Gesang*

Die mir die Klöße kocht, auf Abruf, Geliebte, oh gold-,
gold- und käsecremenes Haar in Bändern gefangen –
zierlich trittst du den Staub, es kauert der Abendbold
vor deiner Tür mit beefsteakfarbenen Wangen.

Auf verwunschenen Socken strich ich durchs Land,
den Raum zu zerstückeln –:
Pflaumblaue Nacht, ich werde mich introvagant
in mein Zwerchfell wickeln.

Vor dem ewewigen Richter hoch im Sternengestühl
saht ihr mich nimmer verzagen;
warum nur schlägt mir heut wie ein Kamikazegefühl
das Glück auf den Magen?

Flackerhand, Loderbein, liebliches Kind,
nimm es, eh ich versteiner,
eh uns die Galle grünt, als ein Flammengebind
deiner Vergängnis und meiner.

Nimm es für nichts, es sei als grobes Gelüst,
dem Himmel beizuwohnen...
Hoppla, wenn Mitte Mai die Kastanie nach oben grüßt
mit tausend Erektionen,

wenn sich im Leder, wenn sich im krummen Gebein
die Flügel entfalten;
ach, und der Neckar bei Plochingen, bei Steinbach der Main
läßt uns die Luft anhalten.

Komm, guter Flederfisch, höre: das was uns töricht macht,
macht uns auch singen.
Nimm es für Glück, den Nugget Mond für die Nacht
und die Schürze voll Silberlinge.

Unten und Oben und Luft und Gebüsch und darinnen
mich
mit allem leibeigenen Zeugs und Gedinge.
und ich preise die Erde wider mein besseres Wissen!

JOHANNES SCHENK
Natascha malt ein Bild in der Naunynstraße

Du malst ein Bild.
Paar Leute drauf die stehen.
Ein Stück vom Haus, eine Maschine die viel Krach macht.
Mittags trage ich einen Spiegel die Treppen hoch,
beim Trödler geholt für einen zerknitterten Zehner.
Du hast nämlich Schwierigkeiten mit der nackten Frau,
wie sieht das aus, zeig mal,
Du stellst dich vor den Spiegel Flupp!
fallen deine Brüste raus,
wie Melonen in deinem Dschungel
leuchten deine Titten.
Die Vorhänge zugezogen,
draußen scheint die Sonne
und hier baumeln unter deinem gebogenen Rücken zwei
                                                  Lampen
sehr weich
und wölben sich zwei Hälften hinten.
Zwischen deinen Beinen schimmert
was nach süßem Fisch riecht und betrunken macht.
Meine Hose wird aufgemacht, die Jacke, da sind keine Brüste
drunter.
Aber einer, dick wie Granatapfel, ja.
Im Hinterhof schreit einer paar Worte auf türkisch
für die Runde oben zwei Stockwerke über uns.
Deine Titten fallen auf mein Gesicht.
So hast du die nackte Frau auf deinem Bild bald fertig:
Natascha gegen die Sonne dick und rund
die riecht nach Melone Sand und süßem Fisch
Johannes der riecht ich weiß nicht nach was.
Du weißt das besser.

Ich glaube, es wird schon hell, sagte Lady Schrank, als der Kellner kassieren kam. Er sah Lady Schrank an, lächelte nicht, nahm das Geld dankend und ging. Wir müssen gehen, sagte ich. Ich griff ihr unter den Arm, um sie vom Sitz zu heben. Ich half ihr in den Mantel. Der Kellner stand weiter drüben und beobachtete uns, ohne mit der Wimper zu zukken. Auf Wiedersehen, sagte er, als wir uns zur Tür wandten. Hinter uns räumte er rasch den Tisch ab und säuberte ihn. Lady Schrank hing wie ein Sack an mir. Ich stieß sie ab und zu in die Rippen, um sie aufzurichten. Sie stürzte fast über die kleine Stufe, die auf den Gehsteig hinausführte. Laß mich los, sagte Lady Schrank, Du Arschloch, sagte sie, du Hurenbock.

Jetzt willst du mich vögeln, sagte sie. Sie hob das Bein zu wenig, als sie einstieg, und fiel auf den Hintersitz. Komm gut heim, sagte ich. Sie drehte sich auf den Rücken, bekam mich am Mantelkragen zu fassen und zog mich hinein. Ich fiel so, daß ich mit der einen Hand genau zwischen ihre Schenkel rutschte. Dort spürte ich nicht das Geringste. Das geht nicht, sagte der Taxichauffeur. Er zündete sich eine Zigarette an und brachte die Uhr in Gang. Ich griff noch einmal fest zwischen Lady Schranks Beine. Der Taxichauffeur drehte mir sein Gesicht zu und grinste. Laß nur, sagte er, die Fut bring ich schon heim. Er zwinkerte. Ich versuchte mich aus dem Auto herauszuarbeiten, Lady Schranks Hände von meinen Kleidern, an denen sie sich festklammerte, zu entfernen. Du willst mich jetzt vögeln, sagte sie, ich dich jetzt auch. Der Chauffeur grinste. Fahren Sie, Sie Kümmerling, sagte sie zu ihm. Er fuhr wütend los, ich konnte gerade noch meine Beine ins Auto ziehen.

Wir saßen einander nicht lange im Bett gegenüber. Ich küßte ihre Kniescheiben. Sie fuhr mit der Zunge in den Mund, was mir nicht gelegen kam, in einem Augenblick, in dem ich daran war, es mir einzurichten, wie ich es brauchte. Ich nahm, um ihrer Zunge zu entgehen, ihre Nase in den Mund. Laß mir Luft, setzt dich auf die Ellbögen, sagte sie.

Sie klopfte mir mit ihren Fersen auf den Hintern, ließ mich da hinunter rücken und dort hinauf. Dann legte ich los. Sie kam ziemlich still, ich gleich nach ihr. Dann war alles feucht und ich hörte damit auf, die Augen geschlossen zu halten und an ihren Wangen zu saugen. Meine Bauchmuskeln schmerzten, ich wollte von Lady Schrank weg. Sie bat mich darum, auf ihr liegen zu bleiben, um die Wärme zu halten. Wir schauten einander genauer an. Manche Stellen in ihrem Gesicht, die mir gefielen, küßte ich pausenlos. Sie strich mir über den Rücken. Ein bißchen, sagte sie, habe ich Angst gehabt. Es tat wohl, ihre Hand auf der Haut zu haben. Du treibst mir die Seele ab, sagte sie und gleich darauf ließ sie den Furz fahren, der gleichsam meinen Eiern schmeichelte, so sanft ging er dahin. Ich ließ auch den meinen streichen, der mich quälte. Wir lachten schallend, strengten uns an, brachten aber keine mehr zuwege. Ich wälzte mein Gesicht in Lady Schranks Bauchspeck, der sich dabei in weiche Falten legte. Wir rauchten eine Zigaretteund untersuchten unsere Körper, küßten die ansonst verborgenen Winkel. Als sie zum zweiten Mal den Höhepunkt erreichte, stöhnte sie laut und schmatzte, rieb ihre Brüste und ihre Schenkel an mir, so daß ich gleich mitschrie und voll ausschüttete, was ich noch in mir hatte. Danach lag ich unbeweglich da auf dem Leintuch, das noch kleinere Teile des Bettes bedeckte und kühl war, spielte mit den Brüsten, die an Lady Schrank baumelten, während sie auf allen vieren um mich herumkroch, von den Unregelmäßigkeiten meines Körpers redete, vom Bauch, den ich ansetzte, da und dort ein Stück meiner Haut zwischen die Finger nahm und sie prüfte und besonders meine Beckenknochen, die durch das Liegen herausgetreten waren, bewunderte. Sie hantierte an meinem Glied herum, schnupperte daran, was mir peinlich war, schob die Vorhaut auf und ab, griff meinen Sack ab, wog ihn in der Hand und küßte sich vom Bauch her an mein Glied heran, das sie schließlich, wenn auch zaghaft, in den Mund nahm, um es auf diese Weise wieder aufzurichten. Als es so weit war, setzt sie sich darauf und nahm mich an den Ohren, um mich darauf aufmerksam zu machen. Aber ich wollte nicht mehr. Ich hatte das unangenehme Gefühl in den Eiern, als sich Lady Schrank auf und ab bewegte, nichts mehr hergeben zu können. Sie lächelte mir aufmunternd zu und war geduldig bei der Sache und schaffte es, noch einen Tropfen aus mir herauszuholen. Dann stieg sie in guter Stimmung von mir herunter und begann Tee zu kochen, während ich beschloß, mich auf den Bauch zu legen, um einzuschlafen. Es ist noch nicht hell geworden, sagte Lady Schrank. Die Nacht gehört mir, sagte sie, der Tag gehört noch den andern. Ich fuhr zusammen, als es an der Tür klopfte. Was spielt sich hier ab, sagte der Zimmervermieter, als Lady Schrank die Tür öffnete und hinausschaute. Wir vögeln, sagte sie. Drecksau, sagte er, morgen fliegst du. Geiler Habicht, sagte sie, Arschpuderant, Saurüssel, geh dein Weib bocken, und warf die Tür ins Schloß, daß der Elektrokocher, auf dem der Teetopf stand, wackelte. Lady Schrank zitterte etwas, lächelte mir zu und warf mir den Schlafrock, den sie von den Schultern nahm, gegen den Kopf. Du kannst mir ruhig auf den Hintern schauen, sagte sie, er ist fett, er gehört mir, wenn ich ihn anfasse, dann weiß ich, daß ich vorhanden bin, und niemand anderer an meiner Stelle. Sie nahm das Teewasser vom Kocher und stellte es beiseite, kam zu mir ins Bett und suchte einen Platz für ihren Kopf, den sie unter meiner Achsel fand. Deine Hände sind niemals kalt, sagte sie, gähnte und schlief ein.

Leilied bei Ungewinster

Tschill tschill mein möhliges Krieb
Draußen schnirrt höhliges Stieb

Draußen schwirrt kreinige Trucht
Du aber bist meine Jucht

Du aber bist was mich tröhlt
Dir bin ich immer gefröhlt

Du bist mein einziges Schnülp
Du bist mein Holp und mein Hülp

Wenn ich allein lieg im Schnieb
denk ich an dich mein Krieb
ERICH FRIED

ERICH FRIED   *Worte*

Wenn meinen Worten die Silben ausfallen vor Müdigkeit
und auf der Schreibmaschine die dummen Fehler beginnen
wenn ich einschlafen will
     und nicht mehr wachen zur täglichen Trauer
um das was geschieht in der Welt
     und was ich nicht verhindern kann

beginnt da und dort ein Wort sich zu putzen und leise zu
                                        summen
und ein halber Gedanke kämmt sich und sucht einen andern
der vielleicht eben noch an etwas gewürgt hat
     was er nicht schlucken konnte
doch jetzt sich umsieht
und den halben Gedanken an der Hand nimmt und sagt zu ihm
     Komm

Und dann fliegen einige von den müden Worten
und einige Tippfehler die über sich selber lachen
mit oder ohne die halben und ganzen Gedanken
aus dem Londoner Elend über Meer und Flachland und Berge
immer wieder hinüber zur selben Stelle

Und morgens wenn du die Stufen hinuntergehst durch den
                                        Garten
und stehenbleibst und aufmerksam wirst und hinsiehst
kannst du sie sitzen sehen oder auch flattern hören
ein wenig verfroren und vielleicht noch ein wenig verloren
und immer ganz dumm vor Glück daß sie wirklich bei dir sind

Im Gras zirpt eine Grille
Im Dorfe bellt ein Hund
Wie ist die Nacht so stille
Leg dich zu mir, Sybille
Und reich mir deinen Mund

Der Wind riecht nach Kamille
Nach Rosen und nach Raps
Leg dich zu mir, Sybille
Dein Mund hat mehr Promille
als scharfer Zwetschgenschnaps

Streif ab die letzte Hülle
Die dich von mir noch trennt
Ich teil mit dir, Sybille
Des Sommers dunkle Fülle
Was man so Liebe nennt

Leg dich zu mir, Sybille
Warum bist du so scheu?
Wozu gibt es die Pille?
Im Gras zirpt eine Grille
Leg dich zu mir ins Heu

So ist es Gottes Wille
Er schuf ja auch das Heu
Er schuf im Gras die Grille
Und mich und dich, Sybille
Und auch die Nacht: Ahoi

Eine gewisse Marietta, die verheiratet und unglücklich war, hatte einen ebenfalls unglücklichen Geliebten. Schuld an diesem Unglücklichsein war hauptsächlich die Veranlagung der beiden und nicht nur die Bedrängnisse ihrer gegenseitigen Beziehung. Eigentlich trafen sie sich, um miteinander zu weinen und betrübt zu sein. Der Geliebte, der Paride Germi hieß, versprach seiner Geliebten, sie würden sich eines Tages in einem Hotel umbringen, und die bewußte Marietta (das ehemalige Fräulein Nosèi) umarmte ihn und weinte und sagte: »Versprich es mir!« Und Paride erwiderte: »Ich versprech es dir.« Man bedenke, hätten sie beide ein anderes Temperament gehabt, so hätten sie weiterhin ein normales oder beinahe normales Liebespaar bleiben können. Aber sie schwelgten im Unglück, wie andere im Glück schwelgen.

Also verabreden sie sich morgens um zehn im Hotel Regina in der Via Makallè. Paride Germi hatte einen Revolver. Wahrscheinlich wollte er zuerst auf Marietta schießen, um sich dann selbst, im Bett neben ihr liegend, zu erschießen. Aber der erste Schuß ging ihm zu früh los, wie sich dann auf der Polizei herausstellte, und bohrte ihm unglücklicherweise ein Loch ins Bein. Dann schoß er auf Marietta, die ihn unter Tränen anflehte. Aber die Pistole war alt und der Schuß ging daneben. Die Patronen stammten noch aus dem letzten Weltkrieg, Restbestände »Kaliber neun«, und die Messingteile waren, wie man sah, vollkommen oxydiert. Paride Germi erklärte dann, die oben genannte Marietta habe ihn mit verzweifelter Kraft auf die Hand geküßt und ihn angefleht, er solle sie umbringen. Obwohl es sich aber um einen automatischen Revolver handelte, wollte er ihn neu laden, er weinte aber so sehr, daß er nichts sah, und Marietta war ihm so nahe auf den Leib gerückt und schluchzte dermaßen, daß ihm noch einmal ein ungewollter Schuß losging, und zwar durch seinen Schuh und Fuß hindurch. Dieser Schuß tat ihm weh, während er beim ersten, der in den Schenkel ging, kaum etwas gespürt hatte. Dann wurde von draußen an die Tür geklopft, weil die drei Revolverschüsse ziemlich laut gewesen waren. Paride Germi antwortete sehr geistesgegenwärtig, er habe sie auch gehört. Und Marietta flehte: »Mach Schluß mit mir« und fügte noch andere liebestrunkene Worte hinzu. Paride Germi fühlte sich einer Ohnmacht nahe, vor allem beim Anblick seines blutenden Schuhs. Aber da ging noch ein Schuß los; Germi sagte, er verstehe nichts von Waffen, habe noch nie eine in der Hand gehabt, und diese Pistole sei ziemlich empfindlich oder habe einen Defekt am Drücker. Überdies zitterten ihm die Finger, weil die Geschichte nun schon so weit fortgeschritten war. Der Schuß durchbohrte die Wand und zerschmetterte einen Spiegel im Zimmer nebenan, wo ein Hotelgast sofort um Hilfe rief. Bevor der Portier zusammen mit einem Gepäckträger und dem vereidigten Wächter Mèsoli Silvio die Tür aufbrach, schaffte es Paride Germi noch, einen letzten Schuß abzugeben, wobei er etwas ruhiger zielte. Aber er sagte, er habe absolut nichts gesehen und sei wie im Delirium gewesen; anstatt Marietta in die Brust zu treffen, durchbohrte er auch mit diesem Schuß die Wand zum anderen Zimmer. Darauf wurde er festgenommen und entwaffnet, ohne Widerstand zu leisten. Seinen Revolver, der noch zwei Schüsse enthielt, gab er freiwillig ab.

Er wurde wegen versuchten Totschlags verurteilt, bekam aber mildernde Umstände und verlor den Gebrauch eines Fußes. Der Fall ereignete sich am 6. Oktober 1950 in Genua und ist berühmt geworden.

Es ist bemerkenswert, daß wir gerade von dem Menschen, den wir lieben, am mindesten aussagen können, wie er sei. Wir lieben ihn einfach. Eben darin besteht ja die Liebe, daß sie uns in der Schwebe des Lebendigen hält, in der Bereitschaft, einem Menschen zu folgen in allen seinen möglichen Entfaltungen.　　　MAX FRISCH

Irgendeine Straßenecke. Am Fuß einer Straßenlaterne wartet der Mann mit ergebenem Gesichtsausdruck und einigen Orchideen. Endlich kommt die Frau.

MANN *(läuft seiner Angebeteten entgegen):* Oh, meine geliebte Rita!

FRAU *(mit amazonenhaftem Lächeln):* Da bin ich!

MANN *(bebend):* Ich dachte, du würdest nicht mehr kommen!

FRAU Ich habe den Zug um acht Uhr vierzig verpaßt.

MANN Hast du gestern an mich gedacht?

FRAU Ja.

MANN Und gestern nacht? Hast du von mir geträumt?

FRAU Ja, ich habe von dir geträumt.

MANN Und was hast du geträumt?

FRAU Es war ein ziemlich seltsamer Traum.

MANN Weshalb?

FRAU Ich habe dich in Stücke geteilt gesehen, wie ein Mosaik.

MANN *(reicht seiner Angebeteten mit der Gebärde eines Zauberers die Orchideen):* Blumen für meine Dame!

FRAU Rosen?

MANN Nein, Orchideen.

FRAU Von heute?

MANN Das hat man mir geschworen.

FRAU Jedenfalls sehen sie ganz gut aus.

Pause. Die Frau beschnüffelt geräuschvoll die Blumen. Dann, nach einem erneuten Blick auf die glänzenden Blütenblätter, beginnt sie, sie aufzuessen. Unterdessen betrachtet der Mann sie mit einem verzückten Blick.

MANN *(nach langem Schweigen, mit bewegter Stimme):* Rita!

FRAU *(sich die Lippen mit dem Handrücken abwischend):* Was.

MANN Ich liebe dich.

FRAU Das höre ich gern.

Schweigen. Die Frau hält noch rechtzeitig ein Niesen zurück. Dann packt sie den Mann am Kragen und stößt ihn die Straße voran.

ELKE ERB *Gutachten*

Ein Schriftsteller lernt ein mit wenigen Angaben über Blick und Stimme als reizend gekennzeichnetes Mädchen in einer Kleinstadt kennen, welches einen anderswo verheirateten, vorzüglich gebauten Burschen (Vater von Kindern) liebt, bedeutende seelische Anlagen besitzt (zum Beispiel ein Empfinden für die Natur), aber sich, gesellschaftlich gesehen, leider in unmoralischer Position befinden muß, weil es die Einsamkeit nicht erträgt, und welches nunmehr auch noch mit ihm, dem Schriftsteller, ins Gerede kommt, unschuldig; denn er bleibt seiner mit nichts anziehenden, mit ihrem gesellschaftlichen Karrierismus (Modernismus) sogar abstoßenden Xanthippe treu, und zwar anscheinend von einem wehmütigen Fatalismus dazu bestimmt. Daß doch das Innenleben von wahrscheinlich »ganz normalen« und »vollblütigen« Menschen, kaum, daß sie es zu einem solchen Ausdruckstanz von Novelle arrangieren, in diesem Grade unselbständig, geborgt, arm, hilflos, dürr und so verloren wirken muß wie zum Beispiel ein Stück zerrissene Gardine auf dem großen, groben Schuttplatz! Wissen sie nicht, daß man im literarischen Handel nur mit selbstgeprägten Münzen zu Reichtum kommt und alles andere Falschgeld ist? Übrigens stirbt der Geliebte, nachdem sie seiner entsagt hat, sogar einen Heldentod, und sie liegt am Ende mit abgemagertem Hals und weinend im Krankenhaus!

Neid

Meine Puppe sagte ja zu allem.
Meine Puppe sagt niemals nein.
Wenn ich sie ausziehe, droht sie mir nicht mit dem Finger.
Wenn ich sie meide, sagt sie nie: es ist aus.
Mit meiner Puppe kann ich machen
Was mein kopfschüttelnder Nachbar will.
                                        KURT BARTSCH

84

Ich war vor einiger Zeit in meine Heimatstadt im Norden Deutschlands gefahren, um in der Handschriftenabteilung der dortigen Bibliothek Material zu suchen für eine Arbeit über einen Philosophen des 19. Jahrhunderts, die ich damals zum Abschluß bringen wollte. Ursprünglich als Artikel für die Zeitung gedacht, bei der ich im Archiv angestellt war, aber hin und wieder auch im Feuilleton schreiben durfte, schwoll sie wegen des plötzlich ausbrechenden Interesses am 19. Jahrhundert einerseits, wegen des besonderen Interesses an diesem Philosophen andererseits unter der Hand zu einem regelrechten Aufsatz an, der aber, einmal als Artikel angelegt, danach verlangte, immer wieder umgeschrieben zu werden, bis ich mir eines Tages zunächst zögernd einredete und dann völlig davon überzeugt war, daß ich ein schmales Buch schreiben müsse. Nun sollte es aber nicht nur ein Büchlein werden, sondern ein regelrechtes Buch, und dieses wollte ich als Dissertation der Fakultät einreichen, um mich ein für alle Male aus meiner unbefriedigenden Position im Archiv der Zeitung zu befreien.

Eines Abends saß ich in meiner Stammkneipe, Fotokopien neben mir, ein Essen, das diesen Namen kaum verdiente, vor mir, und blickte trübsinnig auf beides. Um mich herum lärmten wie üblich Rentner, die schon manchesmal versucht hatten, mich mit dem Ausruf »Herr Doktor, was sagen Sie dazu!« in ihre sinistren Gespräche über die Welt zu ziehen, aber ich hatte stets widerstanden, indem ich abwehrend die linke Hand hob und mit der rechten irgendwelche unsinnigen Kritzeleien auf meinen Papieren anbrachte. Die Arbeit, das wurde immerhin deutlich, war unter diesen Bedingungen nicht zu einem guten Ende zu bringen.

Als ich mich gerade dieser fürchterlichen Erkenntnis überlassen wollte, schwang, wie in einer altmodischen Geschichte, die Tür auf, und eine Frau im Pelzmantel stürmte herein. Ihr Auftritt in dieser schäbigen Umgebung war schon ungewöhnlich genug, aber sie trieb ihn noch dadurch auf die Spitze, daß sie mitten in dem schmuddeligen Lokal wie angehalten stehenblieb, die Hand wie ein Matrose rechtwinklig über die Augenbrauen legte und durch die dicken Rauchschwaden hindurch in meine Richtung ausspähte. Peinlich berührt fügte ich meinen Kritzeleien sofort eine neue hinzu, spürte aber, daß die Frau ihren Blick nicht von mir nahm. Kein Zweifel, sie meinte mich. Denn schon stand sie an meinem Tisch mit den ärmlichen Speiseresten und fragte nach meinem Namen, den ich wie ein Schüler stotternd nannte. Ich hatte keinen blassen Dunst, welche Person in diesem Pelzfummel stecken mochte, während sie nun bereits Platz genommen hatte und mich mit allerhand Erzählungen aus meiner Schulzeit zu necken begann. Ich war zu verwirrt, um richtig zuzuhören, zu berührt, um sie richtig anzusehen, zu holzköpfig, um auf die Narretei mich einlassen zu können. Doch bestand keinerlei Zweifel daran, daß sie mich einmal gut gekannt haben mußte. Einzig ihre eigenartig hohe Stimme, die nicht müde wurde, längst vergessene Einzelheiten meiner Jugend mit ironischen Kommentaren zu begleiten, rief ein fernes Echo in mir herauf, aber es wollte sich nicht in der vor mir sitzenden Erscheinung materialisieren. Die eigenartige Legierung aus Faszination und Peinlichkeit neutralisierte mich vollständig, so daß ich schließlich wie ein Automat den Kopf hob und die Frau im Pelz mit offenem Mund blödsinnig unverwandt anstarrte.

Wie heißt du, brachte ich endlich hervor, und selbst dieser lächerliche Satz kam mir nur rauh stotternd über die Lippen. Aber statt eines Namens bekam ich nur ein ›So schnell hast du mich vergessen?‹ zur Antwort. So schnell! Die Schule lag gottlob fünfzehn Jahre hinter mir, und ich hatte ein übriges getan, sie so radikal wie nur möglich aus meiner Erinnerung zu streichen. Nichts war entsetzlicher, als an diese Zeit erinnert zu werden, da ich, ein miserabler Schüler, schwermütig bis zur Ängstlichkeit war und die mir wie eine ununterbrochene Folge von üblen Demütigungen, Zurechtweisungen und Niederlagen erschien. Und nun riß diese eigentümlich hohe Stimme unbekümmert eine Wunde nach der anderen auf, als gäbe es nichts Ersprießlicheres im Leben eines Menschen, als an die Qualen des Erwachsenwerdens erinnert zu werden.

Schweig, bat ich sie, da ich merkte, wie sich mein Gesicht zu einer steifen Grimasse verzog und mir so beklommen zumute wurde, daß ich fürchten mußte, bei einer weiteren belustigten Ausbreitung meiner pubertären Anwandlungen, denen sie sich inzwischen widmete, Verstand und Fassung zu verlieren. War es mir in den letzten Jahren immer unmöglicher geworden, die in mir ruhenden Erinnerungen an Erlebnisse, Leidenschaften, Abenteuer, Bilder auch nur erzählend zu wiederholen, so schien es dieser Fremden keinerlei Mühe zu bereiten; kaum steckte sie eine Münze in den Kasten, begann das Geld zu klimpern. Und was mir stets als zufällige Abfolge banaler, wenn auch folgenreicher Ereignisse erschien, konnte sie mühelos als Resultate früher Verwirrungen auf eine logische Kette ziehen.

Eine tiefe Apathie hatte sich meiner bemächtigt, aus der heraus ich wie durch eine Milchglasscheibe meine angeblich alte Freundin aufstehen, zur Theke gehen und wieder an den Tisch zurückkehren sah, wo sie wie selbstverständlich meine Papiere zusammenkramte, mir den Mantel umlegte und sagte: Komm schon, oder willst du hier ewig sitzenbleiben.

Der rebellische Ton schreckte mich auf, ich erhob mich und trottete wie ein betrunkener Ehemann unter dem albernen Gekicher der Veteranen hinter der Frau aus dem Lokal. Da ich kein Wort der Anrede fand, gingen wir schweigend ein paar Häuserblocks weiter, betraten ein Haus und fuhren mit dem Fahrstuhl in den letzten Stock. Vor der Tür mit ihrem Namensschild fand ich die Sprache wieder, und wie bei einem alten Schauspieler, dem die vergessene Rolle nach einer peinlichen Unterbrechung wieder einfällt, stürzte eine Suada mit solcher Macht aus mir hervor, daß diese Schulfreundin, der ich vor zwanzig Jahren einmal vergeblich den Hof gemacht hatte, mich erschrocken in die Wohnung zog, um die Nachbarn nicht an diesem überlauten Auftritt teilnehmen zu lassen.

Ich wußte selber nicht, wie mir geschah. Rücksichtslos und ungebremst quoll aus mir heraus, was in den dunklen Archiven meines Gedächtnisses gelagert war. Mit gesenktem Kopf formulierte ich leidenschaftlich und hoffnungslos ein Drama, in dessen Mittelpunkt ein von Gott und den Menschen verlassener Tor stand, der sich nach Liebe sehnte.

Und wenn mir die Worte auszugehen drohten, soufflierte mir mein plötzlich wieder beigesellter Philosoph mit pathetischen Wortsalven, die ich schamlos und pathetisch wiederholte. Ein Wesen in mir war aufgewacht und hatte zu sprechen begonnen. Wehe mir, was es zu sagen hatte!

Als ich irgendwann im Morgengrauen völlig entleert einhielt, hatten mich Rotz und Wasser auf der Brust durchnäßt, ich zitterte, die Augen zuckten, die Haare standen mir zu Berge. Beim Aufblicken sah ich in zwei vor Müdigkeit blinzelnde Augen, die mich besorgt und ohne allen Hochmut musterten. Und weil dieses Hauptstück selbstanklägerischer Offenlegung eines durch und durch verkorksten Falles zu dieser Nachtzeit keines Kommentars mehr bedurfte, erhoben wir uns und gingen zu Bett.

In diesem Bett blieb ich mit den Unterbrechungen des Tages und einiger notwendiger Reisen mehrere Jahre. Die Wohnung in Süddeutschland war längst aufgelöst, die Anstellung bei der Zeitung, bei der ich als freier Mitarbeiter manchmal einen Beitrag unterbrachte und die sich gelegentlich noch ironisch nach dem überfälligen Aufsatz über den strengen Philosophen erkundigte, gekündigt, alle Unterlagen zu meinem Buch lagen um mich herum und schienen nur darauf zu warten, unter den neuen Umständen nun in die endgültige Form gebracht zu werden. Ich hatte, den vorgesehenen Abschnitten entsprechend, neun Hefte angelegt, die ich allmählich aus den unzähligen Zetteln und Notizbüchern speiste, und in ruhigen Stunden, wenn ich die Hefte durchblätterte, hatte ich den Eindruck, die Systematik der Arbeit gefunden zu haben. Nur ein Schritt noch, das konzentrierte und verbessernde Abschreiben, dann wäre dieses quälende Kapitel meines Lebens abgeschlossen. Der trotzige Philosoph, dem es trotz unwahrscheinlicher Förderung aus den unwahrscheinlichsten Quellen niemals vergönnt gewesen war, seine einsame Arbeit in Gegenwart einer Frau voranzutreiben, hatte offenbar Gefallen an meiner neuen Zweisamkeit gefunden, jedenfalls unterstützte er nach anfänglichem Zögern meine Forschungen nach Kräften, indem er in der Nähe blieb: eine schützende Hülle, deren Wärme ein Klima erzeugte, in dem philosophisches Gewächs gut wuchern mochte.

Ich fühlte mich anfangs wohl in dieser Atmosphäre. Meine Gefährtin, für den größten Teil auch meines Lebensunterhalts aufkommend, ging ihrer strapaziösen Arbeit als Architektin nach, obwohl sie mehr und mehr der Ansicht zuneigte, die Errichtung neuer Gebäude müsse unter Strafe gestellt werden; ich versah so gut es ging den Haushalt, besorgte das Essen und unterhielt sie überdies mit Vorlesungen aus meinem Werk, dessen Abschluß sie mit einer gewissen instinktiven Trägheit herbeisehnte.

Da ich kaum noch alte Freunde in der Stadt hatte und alles daran setzte, möglichen neuen aus dem Wege zu gehen, verprellte ich mit meiner Reizbarkeit nach und nach auch alle ihre Freunde, bis wir tatsächlich wie ein altes eifersüchtiges Ehepaar zusammenhockten. Architektur und Philosophie, zwei Disziplinen, die dramatisch an Wert verloren bei unserer abgeschirmten Lebensweise. Unsere Interessen entledigten sich zusehends jedes sozialen Charakters, was auf die Dauer sowohl die steinerne wie meine metaphorische Architektur zum Einsturz bringen mußte. Der Gesellschaft, die damals hoch im Kurs stand, mochte ich sowenig trauen, wie mein Philosoph der Gesellschaft seines Jahrhunderts getraut hatte. Die Leidenschaften der Zeit, die ihr Asyl zunehmend auf der Straße gefunden hatten und von mir stets als Schattenspiele des Glücks verspottet wurden, mußten sich ohne unsere Beteiligung austoben, ja mehr noch, ich gefiel mir darin, sie unter Berufung auf meine Heiligen Schriften als verspätete Frivolitäten einer sich selbst nicht mehr innewerdenden Zeit zu denunzieren. Der Graben zwischen uns und der Zeit wurde breiter, die Empfindung des Mangels stärker, die Ratlosigkeit, wie diese Leere zu füllen sei, nahm zu. Alle Begründungen, warum die Welt ausgerechnet uns zuhören sollte, sahen schief aus. Unbemerkt hatte sich ein Mantel aus undurchdringlichem Material um uns gelegt, der uns den Atem benahm. Es war an der Zeit, etwas zu tun.

ADOLF ENDLER
Geborgenheit
oder ein Opfer der Eifersucht

Ja, wie ihr Kindchen war ich, grausam eingezwängt,
Geborgen zwischen Brüsten, liebevoll zerdrückt.
Sie hatte mein Porträt im Hausflur aufgehängt
Und meinen Namen in ihr Kissen eingestickt.
Ja, fliehen wollte ich! O Freiheit, die fern gleißt!
Die Löwin stellte mich –.
                                             Jetzt regn ich Stück für Stück
In kleinern, größern Fladen, die ihr Zahn zerreißt,
Und fragmentarisch auf ihr Riesenbett zurück,
Ja, Hand um Hand und Fuß um Fuß, zuletzt der Hut.
Hört Ihr sie schmatzen, Nachbarn, faul und ungeniert?
Auf meinem Namen kauert sie, verrauchte Wut,
Da sie an meinen Knochen nagt, und stiert und stiert.
Weshalb so mürrisch plötzlich? Bald ist es getan!
Ein Finger noch, ein Viertel Wade, dann der Hut!
Doch seltsam müd reibt sich und lustlos Zahn an Zahn –
Ein Deutscher Dichter ich, Madame, ich schmeck nicht gut?

Bei der Nacht

Manchmal fällt noch von der Höhe
nachts dem Wind aus seinen Winden
die Trompete runter,
auf den Wassern in der Tiefe
einen Marsch zu blasen.
Und die Menschen in den dunklen
Kammern machen Wummtata.
                                        DITER ROT

90

CHRISTOPH MECKEL   *Verlorener Leib*

Es rauschten leer
eines Weißdornsommers
Kleider um diesen Rest von Duft,
den dein Fortsein mir ließ samt den Bändern
und Tüchern von dir.

Und ich drang in sie
und suchte zu fassen
deinen Leib
und Haut und Hände von dir,
endlos öde hing um mich dein Kleid
und leuchtendes Tuch, nun wehend mit toten Falten,
und ich ging durch die Stoffe
einst atmend und köstlich
von Bewegungen deiner Hüfte, Geräuschen der Arme,
ich irrte durch deine Kleider wohl einer Liebe
Grabzeit lang, und stand und horchte
ob nicht dein Atem die leeren Falten
die verfallenden Tücher
nocheinmal bewege –

und richtete mich ein, zu wohnen
in diesem Rest
aus Tuch und verwehendem Duft,
wartend auf dich, daß du aufs neue
einziehst in deine verleugneten Kleider –
vielleicht mich rufst
hinaus
weit hinaus
in deine Nacktheit, dein meeroffnes Haar.

Ein Mann, eine Frau, die Leidenschaft und eine törichte
Rache sind die Protagonisten dieser Geschichte. Sie spielt
am weißen Flußbett des Mondego, der durch Coimbra fließt.
Die Zeit als Begriff ist unerläßlich für die Erzählung, die
Zeitrechnung jedoch ist ziemlich unbedeutend: um meine
Pflicht als Chronist zu erfüllen, sollte ich jedoch festhalten,
daß wir uns in der Mitte des vierzehnten Jahrhunderts be-
finden.

Die Vorgeschichte bewegt sich auf dem Boden des All-
täglichen. Alltäglich waren damals Ehen, die aus diplomati-
schen Überlegungen und Allianzgründen geschlossen wurden. Alltäglich war der junge Prinz Dom Pedro, der in seinem Palast die Verlobte erwartete, eine Edeldame aus dem
benachbarten Spanien. Und die Hochzeitsgesellschaft traf,
wie es Gesetz und Gewohnheit erforderten, auf alltägliche
Art und Weise ein: die zukünftige Braut, ihre Leibwache,
ihre Ehrendamen. Und alltäglich war, ich wage es zu be-
haupten, auch die Tatsache, daß sich der junge Prinz in eine
Gefolgsdame verliebte, in die zarte Ines de Castro, die von
den Chronisten und den zeitgenössischen Dichtern mit den
für die damalige Zeit typischen Stilmitteln als Wesen mit
langem Hals und rosa Wangen beschrieben wird: alltäglich
deshalb, weil es üblich war, daß ein Mann nicht eine Frau,
sondern eine Staatsräson heiratete, weil es aber auch üblich
war, daß er seine Begierden bei einer Frau befriedigte, an die
ihn etwas anderes fesselte als politisches Kalkül.

Der junge Dom Pedro fühlte sich jedoch unweigerlich
zur Monogamie hingezogen, und das ist das erste nicht alltägliche Element dieser Geschichte. Dom Pedro, dessen
Liebe zur zarten Ines einzigartig und nicht teilbar war, miß-
achtete das ungeschriebene Gesetz der Verschwiegenheit
und alle Vorsichtsmaßnahmen der Diplomatie. Die Ehe war
ihm einzig aus dynastischen Gründen auferlegt worden,
und er erfüllte sie einzig in dynastischer Hinsicht: nachdem
er, wie es dem Willen des alten Vaters entsprach, einen Er-
ben gezeugt hatte, ließ er sich mit Ines in einem Schloß am

Mondego nieder und machte sie ohne Vermählung zu seiner wahren Braut. Dies ist das zweite nicht alltägliche Element der Geschichte. In diesem Augenblick tritt in Gestalt eines unnachgiebigen Henkers die kalte Gewalt der Vernunft auf. Der alte König war ein weiser und vorausschauender Mann, der in seinem Sohn weniger den Sohn als den zukünftigen König liebte. Er berief seine Ratsherren ein, und diese rieten ihm zu einem, wie sie meinten, endgültigen Schritt: nämlich das, was der Staatsräson im Weg war, zu beseitigen. Wie ein Chronist berichtet, wurde Dona Ines während einer Abwesenheit des Prinzen in ihrem Heim in Coimbra erdolcht.

Die Jahre vergingen. Die rechtmäßige Königin war bereits seit einiger Zeit tot. Dann starb eines Tages auch der alte Vater, und Dom Pedro wurde König. Hier beginnt seine Rache. Zunächst war es eine grausame und ruchlose Rache, die jedoch der Logik menschlichen Handelns entspricht. Mit unendlicher Geduld und der minuziösen Genauigkeit eines Notars ließ er von seinen Wachen die ehemaligen Ratsherren seines Vaters ausfindig machen. Einige von ihnen, schon alt und ihrer Ämter enthoben, lebten in stiller Zurückgezogenheit, andere waren kaum noch aufzufinden: begreifliche Ängste hatten sie bewogen, Portugal zu verlassen und anderen Monarchen ihre Dienste anzubieten. Dom Pedro erwartete einen nach dem anderen im Patio seines Palastes. Die Schlaflosigkeit verfolgte ihn. In manchen Nächten erhob er sich und brach das unerträgliche Schweigen in seinen Gemächern, er ließ alle Fackeln anzünden und befahl den Trompetern zu spielen. Der zeitgenössische Chronist, der die Ereignisse festhält, spart nicht mit Details: er beschreibt den strengen und einfachen Hof, das Hallen der Pferdehufe auf dem Steinpflaster, das Knirschen der Riegel, den Ruf der Wächter, die die Gefangennahme eines Gesuchten verkünden. Er beschreibt auch das geduldige Warten Dom Pedros, der unbeweglich am Fenster steht und seinen Hof und die Straße überblickt, auf der seine Opfer ankommen werden. Er war ein großgewachsener, hagerer Mann mit einem asketischen Gesicht und einem Bart, der wie der eines Priesters oder eines Wundarztes spitz zulief, und er trug stets denselben Umhang über demselben Wams.

Der präzise Chronist erwähnte auch die Gespräche, vielmehr die flehentlichen Bitten, die die Gefangenen an ihren Henker richteten und die keine Gnade fanden: der König beschränkte sich darauf, Auskünfte technischer Natur zu erteilen, die Art und Weise betreffend, die ihm am geeignetsten erschien, dem Leben seiner Opfer ein Ende zu bereiten. Dom Pedros Beschlüsse entbehrten nicht einer gewissen Ironie: für einen Gefangenen mit dem Namen Coelho, was auf portugiesisch ›Kaninchen‹ bedeutet, wählte er beispielsweise den Tod auf dem Rost. Allen ließ er jedoch die Brust aufschlitzen, manchen bei lebendigem Leib, und das Herz herausreißen, das er sich auf einem Kupfertablett bringen ließ. Er nahm das noch warme Organ und warf es seiner Hundemeute zu, die unter dem Balkon schon gierig wartete.

Die blutige Abrechnung, die den braven Chronisten erschauern läßt, war jedoch für Dom Pedro ein kaum wirksames Placebo. Die Rachegefühle dieses von unwiderruflichen Ereignissen umgetriebenen Mannes ließen sich nicht mit dem Herzmuskel einiger Höflinge besänftigen: in der steinernen Einsamkeit seines Palastes ersann er eine subtilere Rache, die nicht mehr dem Bereich des Menschlichen und des Pragmatischen zuzuordnen war, sondern jenem der Zeit und der Verkettung der Ereignisse, aus denen das Leben besteht – und die in diesem Fall bereits der Vergangenheit angehörten. Er beschloß, das Endgültige zu korrigieren.

Es war ein heißer Sommer in Coimbra, und im Flußbett wuchsen Lavendel- und Ginsterbüsche. Die Wäscherinnen schwenkten ihre Wäschestücke in dem dünnen Rinnsal, das sich wie eine Schlange durch die Kieselsteine wand, und sie sangen. Dom Pedro begriff, daß alles – seine Untergebenen, dieser Fluß, die Blumen, die Lieder, sein Dasein als König, der sein Reich betrachtete – genauso gewesen wäre, auch wenn alles anders verlaufen und nichts geschehen wäre, und daß die wunderbare Logik des Lebens, die so unabänderlich war wie alles Wirkliche, beständiger war als seine Raserei, unangreifbar von seiner Rache. Was ging wirklich in ihm vor, während er von seinem Fenster aus die blond schimmernden Ebenen Portugals überblickte? Was peinigte ihn?

Die Sehnsucht nach der Vergangenheit kann quälend sein, aber die Sehnsucht nach dem, was die Vergangenheit hätte sein können, muß unerträglich sein. Möglicherweise wurde Dom Pedro von dieser Sehnsucht beherrscht. Da er unter einer unheilbaren Schlaflosigkeit litt, betrachtete er jede Nacht die Sterne: und vielleicht wurde ihm seine Idee von den Entfernungen zwischen den Sternen eingegeben, den im Verhältnis zur menschlichen Zeit unermeßlichen Räumen. Vielleicht trug zu dieser Idee auch die feine Ironie bei, die er gemeinsam mit der Sehnsucht nach dem, was nicht war, in seiner Brust trug. Er erdachte einen genialen Plan.

Wie man gesehen hat, war Dom Pedro ein wortkarger und charakterfester Mann: Am nächsten Tag kündigte eine bescheidene Gesandtschaft des Königs im ganzen Land ein großes Volksfest an, die Krönung einer Königin, eine feierliche Hochzeitsreise von Coimbra nach Alcobaça, auf der die applaudierende Menge Spalier zu stehen hatte. Dona Ines wurde exhumiert. Der Chronist verschweigt, ob sie bereits ein blankes Skelett war oder wie weit die Verwesung fortgeschritten war. Sie wurde weiß gekleidet, gekrönt und in die offene königliche Kutsche gesetzt, zur Rechten des Königs. Die Kutsche wurde von einem Gespann weißer Pferde mit großen, bunten Federbüschen gezogen. Silberne Schellen, die am Hals der Tiere befestigt waren, verbreiteten bei jedem Schritt einen hellen Ton. Die Menge stand wie befohlen Spalier, hin und her gerissen zwischen dem Respekt der Untergebenen und ihrem Ekel. Ich bin geneigt anzunehmen, daß Dom Pedro, der sich um den Augenschein nicht kümmerte, gegen den ihn im übrigen die Kraft einer blühenden Phantasie schützte, mit Sicherheit glaubte, nicht mit dem Leichnam seiner ehemaligen Geliebten, sondern mit der wirklichen, noch lebenden Ines zu reisen. Man könnte einwenden, er sei im Grunde seines Wesens verrückt gewesen, aber das käme einer allzu offensichtlichen Vereinfachung gleich.

Zwischen Coimbra und Alcobaça liegen achtzig Kilometer. Dom Pedro kehrte allein und inkognito von seinen imaginären Flitterwochen zurück: Dona Ines erwartete in der Abtei von Alcobaça eine steinerne Ruhestätte, die der König bei einem berühmten Bildhauer in Auftrag gegeben hatte. Gegenüber von Ines' Sarkophag, auf dessen Deck-platte sie in ihrer jugendlichen Schönheit dargestellt war, befand sich ein entsprechender Sarkophag mit dem Bild des Königs – die beiden Sarkophage standen Fußende an Fußende, so daß sich ihre Bewohner am Tag des Jüngsten Gerichts von Angesicht zu Angesicht wiederfinden müßten.

Dom Pedro hatte noch viele Jahre zu warten, bis er in dem für ihn reservierten Sarkophag Platz nehmen durfte. Er nutzte diese Zeit, um seinen königlichen Pflichten nachzu-kommen: er ließ Gold- und Silbermünzen prägen, befrie-dete sein Reich, nahm sich eine Frau, die Frohsinn in seine Gemächer brachte; er war ein vorbildlicher Vater, ein höf-licher und zurückhaltender Gefährte, ein umsichtiger Ver-walter des Rechts. Er lernte sogar die Fröhlichkeit kennen und gab Feste. Aber das sind für mich unerhebliche Details. Diese Jahre vergingen für ihn nach einer eigenen Zeitrech-nung, nicht nach der aller anderen Menschen: sie waren alle gleich, und vielleicht kam es ihm so vor, als wären sie bereits vergangen.

STEPHAN HERMLIN   *Onkel Herbert*

Meine Verwandten interessierten mich nicht, ich liebte keinen von ihnen mit Ausnahme meines Onkels Herbert, der der jüngere Bruder meines Vaters war. Onkel Herbert kam selten, er tauchte nur zwei-, dreimal im Jahr auf, immer in Gesellschaft eines mächtigen Neufundländers, der schwarz und lautlos in der Diele Platz nahm. Mein Bruder und ich erhoben ein Freudengeschrei beim Erscheinen des Onkels, denn er brachte uns jedesmal schöne Bücher mit oder ein mechanisches Spielzeug, wie wir es noch nicht gesehen hatten. Wir lachten über seinen schwarzen, breitkrempigen Hut; der Onkel lächelte uns vergnügt zu. Manchmal erschien mit ihm der Maler S., dessen verführerische, in grauen und graublauen Tönen gemalte Bilder mein Vater schätzte. S. blieb dann ebenfalls für einige Tage. Das Haus war groß, und wir hatten oft Gäste.

Mein Vater war kein Mann lauter Freudenbekundungen, aber die Freude leuchtete förmlich aus ihm, wenn Onkel Herbert zu uns kam. Der Onkel sah meinem Vater ähnlich, er war mittelgroß wie dieser und hatte die gleichen blauen Augen, nur war er breiter, er neigte ein wenig zur Fülle, und in seinem Lächeln lag etwas von Schwäche. Wenn er kam, schien meine Mutter, die selten zu Hause war, noch beschäftigter als sonst zu sein – von ihren Lippen drangen die magischen Namen des Modisten Gerson, des Juweliers Markus, des Friseurs Karsten. Sobald Onkel Herbert sich ein wenig erfrischt hatte, schloß sich mein Vater mit ihm für eine Weile in seinem Arbeitszimmer ein, aus dem kein Laut nach draußen drang. Wenn beide wieder zum Vorschein kamen, setzten sie sich an den Flügel und spielten die f-moll-Fantasie von Schubert und andere vierhändige Stücke. Ich hatte den Eindruck, daß sie beim Musizieren oder vielmehr durch die Musik ihre Unterhaltung fortsetzten. Onkel Herbert spielte ebensogut wie mein Vater. Wenn mein Vater nicht zu Hause war, spielte er allein. Stets brachte er aus seinem Gepäck einen dicken Stoß Noten zum Vorschein, er spielte Komponisten, die sonst bei uns nicht zu hören waren, ziemlich neue Komponisten wie Skrjabin, Ravel und einen Engländer namens Cyrill Scott. Ich blickte, während er spielte, auf seine Hände, deren Finger vom Rauchen gelblich verfärbt waren – beide Brüder waren starke Raucher, sie rauchten sogar oft am Klavier, aber Onkel Herberts Zigaretten waren ganz verschieden von denen meines Vaters, sie hatten einen merkwürdigen süßen Geruch. Manchmal trat der Onkel leise ins Musikzimmer, wenn ich beim Üben war, er hörte mir eine Weile zu und lobte dann meine Fortschritte. Ich merkte, daß er auch vom Violinspiel manches verstand; er korrigierte meine Haltung des Kinns und der linken Hand, um mein Vibrato zu verbessern.

Nie hörte ich von ihm ein lautes Wort, nie sah ich in seinen Zügen etwas, das nicht Güte und Liebe war. Einmal stellte ich ihm eine Frage, deren kaum wahrnehmbare Wirkung mich beunruhigte. Nachdem er so oft allein oder mit S. zu uns gekommen war, fragte ich ihn, ob er denn ganz allein, ob er nicht verheiratet sei. Onkel Herbert verneinte mit seinem vertrauten, jetzt aber ein wenig verzerrten Lächeln. Er strich mir übers Haar und setzte sich ans Klavier.

Mir fiel auf, daß die Dienstboten Onkel Herbert mit etwas übertriebener Höflichkeit behandelten, als machten sie sich insgeheim über ihn lustig. Er schien es nicht zu bemerken; er dankte leise für eine Handreichung, eine Auskunft; ich sah, daß er dabei die Augen niederschlug.

Einmal sagte ich zu meiner Erzieherin, ich hätte Onkel Herbert ebenso lieb wie meinen Vater. Sie preßte die Lippen zusammen und blickte hart auf die Wand. »Dein Onkel ist lieb und gut«, sagte sie nach einer Weile kalt, »aber er taugt nicht fürs Leben.« Ich wollte wissen, was das heißen sollte. »Er kann ja nur Klavier spielen und fremdes Geld ausgeben. Der gnä' Herr« – sie sprach von meinem Vater und meiner Mutter nie anders als von dem »gnä' Herrn« und der »gnä' Frau« – »der gnä' Herr hält ihn ja aus, er zahlt ja alles für ihn, es ist der reine Jammer, dein Onkel ist ja wie ein Kind … Mit dem gnä' Herrn ist er nicht zu vergleichen. Und überhaupt …« Mit diesem rätselhaften »und überhaupt« schloß sie ihre Belehrung, die auf mich geringen Eindruck machte. Mir war, als hätte ich Onkel Herbert jetzt noch lieber, weil er ihren Worten nach einem Kind glich.

Etwa um diese Zeit wurde ich ungewollt Zeuge einer Auseinandersetzung zwischen meinen Eltern, der ich keine Aufmerksamkeit geschenkt haben würde, wenn sie sich nicht, wie ich sofort erriet, um Onkel Herbert gedreht hätte. Ich saß in der Ecke eines Zimmers auf dem Boden und hatte ein Buch vor mir, als meine Eltern das Nebenzimmer betraten. Sie konnten mich nicht sehen. Meine Mutter sprach heftig auf meinen Vater ein, der sich in einen Sessel geworfen hatte. »Du solltest wenigstens einmal Rücksicht nehmen«, hörte ich meine Mutter sagen, »du weißt sehr wohl, daß diese Sorte von Menschen unzuverlässig ist.« Wie es mitunter ihre etwas törichte Art war, wiederholte sie den Satz auf englisch: »People like him are rather unreliable, you know …« »Bitte, schweig«, hörte ich meinen Vater leise sagen, »schweig jetzt, bitte …« Ich verließ das Zimmer auf Zehenspitzen, ohne daß sie mich bemerkten.

Ich muß neun Jahre alt gewesen sein, und Onkel Herbert hatte uns schon seit vielen Monaten nicht mehr besucht, als während einer Unterrichtsstunde im Hause eine Unruhe entstand. Ich hörte Hin- und Herlaufen, eine Tür schlug, unterdrücktes Reden und Klagen wurde hörbar. Ich lief aus dem Zimmer, verfolgt von den Ordnungsrufen und Protesten meines Hauslehrers. Auf dem Gang begegnete mir meine Erzieherin, die rotgeweinte Augen hatte; sie weinte bei jeder sich bietenden Gelegenheit. »Dein Onkel Herbert ist tot«, flüsterte sie, »welch ein Unglück …« Ich schlich mich zum Arbeitszimmer meines Vaters und öffnete leise die Tür. Mein Vater stand mit weißem Gesicht mitten im Zimmer und sah mit blindem Blick in meine Richtung.

Onkel Herbert hatte sich erschossen, irgendwo in einem anderen Land. Mein Vater fuhr zu seinem Begräbnis. Man sprach nicht mehr von ihm, man vergaß ihn allmählich, auch ich. Nur manchmal, später, in der Dämmerung, wenn ich allein im leeren Musikzimmer saß, drang noch die fremde Musik zu mir, die unter seinen unsichtbaren Händen entstanden war.

Ein Monat nach dem Tod Lord Byrons kam ein Freund nach England zurück. Er brachte eine kostbare Fracht mit: den unvollständigen *Don Juan*, die handgeschriebenen Memoiren des Dichters und eine große Kiste.

Der *Don Juan* wurde veröffentlicht. Die Memoiren wurden verbrannt, im Beisein seiner Schwester Augusta und der Witwe, die sich nicht grüßten und regungslos in ihren Trauerkleidern verharrten, bis das Feuer alle Zeugnisse ihrer Verirrungen zerstört hatte.

Die Kiste wurde geöffnet: Sie enthielt über dreihundert Miniaturen. Byron, ein pedantisch genauer Mensch, ließ alle Freunde, die ihm am Herzen lagen, und alle Frauen, die er geliebt hatte, porträtieren. Und jede Miniatur steckte in einer Hülle aus Maroquinleder: grünes Leder für die Familienporträts, blaues Leder für die Porträts der Freunde, rotes Leder für die Geliebten.

Diese Miniaturen sind noch heute im Byron-Museum in Newstead zu sehen. Das Futteral für Augustas Porträt ist grün, weil sie zur Familie gehört. Aber es ist rot gefüttert.

GIUSEPPE TOMASI DI LAMPEDUSA

Der Zeitpunkt ist gekommen, wo ich, mit widerstrebender Hand, zu Papier bringen muß, was eine Frau zu einer Frau sagt, wenn sie bis zu beiden Ohren im Gefilde der Liebe steckt. Stellen wir uns darunter denn nicht gern etwas wenn nicht von poetischem Wert, so doch etwas vor, das in strophischer Form romaneske Beherztheit besingt, etwas von so gestutztem Laubwerk wie eine britische Hecke oder wenigstens etwas so gut auf die Sache, die es bedeckt, Passendes wie eine Babymütze, die doch selbst dann noch, wenn sie gerüscht ist, bis zum Stirnbein und der pulsierendsten Fontanelle Rechnung trägt, bis zum gewissen Grade die Proportionen eines Kopfes hat und auch nicht hin- und her- und rauf- und runterrutscht, als sei sie keinerlei Bedeckung für die Wahrscheinlichkeit?

Aber gefehlt, nirgendwo aus all den übertriebenen Daten der unverhülltesten und nacktesten Bestandsaufnahme der Natur noch aus den Spalten unserer gehässigsten Zeitschriften läßt sich auch nur die vageste Vorstellung von den Mitteln gewinnen, mit deren Hilfe sie ihr Herz vom Mund in den Ärmel und aus dem Ärmel in die Rhetorik und von dort aus ins Ohr der Geliebten schafft. Für die Alten gingen Liebesbriefe und Liebesgerede (wenn auch niemand sagen kann, wieviel zufällige Fügung oder List seitens dieser Vorläufer in den Dickichten der prähistorischen Wahrscheinlichkeit dabei im Spiel war – denn sagt, was Ihr wollt, vom Fisch bis hin zum Menschen hat es doch so allerlei Vonrückwärts und Stirnanstirn gegeben, wiewohl davon nur ein Zwitschern aus der Vergangenheit zu uns dringt) von ungleich zu ungleich. Unsere eigenen Zeitschriften strotzen von Maiden und ihren Bärten, deren höchste Lobrede zwar kein glorioseres Standbein findet als »Schatzi-Lou« oder »Schnuffelchen« oder »mein armes krankes Bettpuppchen«, die im umgekehrten Falle, so will es scheinen, jedoch nur eine dem HERRN entsprechende Gegenrede ist. Aber nun höre man, wie eine Maid auf eine Maid losgeht: »Und fühlst du dich auch, mein Lieb? So sag doch, rasch, fühlst du dich?

Denn ich fühle mich, oh, auf eine ganz neue Weise wohl und nochmals wohl. Doch wenn du gerade keine verläßliche Kandidatin bist, dann sag's mir nur, und ich werde meinen Zwickel mit ererbtem Weinen zum Bersten bringen darüber, daß wir nicht auf denselben Mond datiert sind und gänzlich auseinanderliegen dank der vertändelten Natur, und Scheiden ist ein so süßer Gram! Wie sind wir doch allzuoft nur eine einzige in unserem Zweigespann! So sag mir also, ob du dich fühlst, denn ich, ich fühle mich, oh so wohl.«

Oder solche Worte wie die folgenden: »Mag ich auch zeitlebens getändelt haben oder künftig tändeln oder selbst am heutigen Tage oder mögen selbst dies jetzt Tändelstunden sein, da ich dies für Dich zu Papier bringe, doch wenn ich auch in Übersee die reizenden Narzissen pflücke, mich Hals über Kopf in manch Petersilienfeld stürze, bei Zartbesaitetem und Hartgebettetem die Hand im Spiel habe, wenn ich auch die Blüte der Weiblichkeit selbst an meine Brust drücke oder mich der Länge nach ermüde ohne ein Verschnaufen zwischen mir und ihr, sie über die Kante stupse, um sie auf den Boden der Wahrheit zu werfen – sag niemals, daß ich Dich nicht anbete als meine Einzige und Beste. Ihr gebe ich nur eine Phönixstunde, sie ist nicht mehr als der Wetzstein meiner Stumpfheit, der Dir Toledostahl bereitet. Dir geb ich meine Tausend, meine Schönchen, meine Immerwährenden, meine Päonien, meine abgehärteten Perennien und meine frühempfänglichen Gebinde, die für eine solche Herrlichkeit blühen, wie sie allein aus Deinem Antlitz leuchtet (Videlicet, zur Kenntnisnahme: auch wenn sie hager, grau, zahnlos, ausgemergelt, mißgestaltet, verworfen, bösartig, verkommen und für niemanden erfreulich wäre, oder sei sie, im Gegenteil, hübsch, ehrlich, marmorstirnen, rotblühend, hell von Auge, von Haar gekrönt und venushaft bis hinab zum Stiefel – einem verliebten Mädchen gilt das gleichviel!). Für Dich reserviere ich jenes Keuchen unterm Keuchen, jenes Seufzen hinterm Seufzen, jene Aufmerksamkeit hinterm Anschein: Das Silber jener Wolke ist Dein – nimm es hin! Was kümmert's mich, auf wen es herabregnet! Mein wahres Ich ist Dein wahres Deiniges, und ich mag mich verausgaben in Busch und Knick, das ist nurmehr der Staub meiner Wirklichkeit, der Rauch, der vom Feuer kündet, das, mein einzig geliebtes Lamm, mein höchst vollkommenes und unerschöpfliches Anderes, Dir gehört, ich bin Dein! Du überwältigst mich!«

Sie überwältigt sie! Jawohl, und sei die Angesprochene auch schlaff wie ein Mohammedaner nach seinem hundertsten Ramadan, so gemäßigt wie ein Frost in Timgad, so listig wie ein Bischof ohne Stuhl, dennoch und trotzdem und abermals, wie sehr wird es sie überwältigen, da capo. Und wäre es auch von so guter Qualität und so scharf wie Madagaskarpfeffer, es geböte immer noch über sie, es kann sie treppauf kommandieren und -ab, zur rechten Seite und zur falschen, Versteckspiel oder ganz Aug-in-Aug, bei Mittmond und Mattnacht, bei Morgenröte und bei Tage, ja doch, es wird immer noch über sie gebieten, so gestochen ist sie vom Verlangen und so geladen bis an die Zähne, daß ihr Zuckerschnäuzchen sich Hackfleischtörtchen als Gürtel um die Hüfte hängen könnte, und sie würde sich als Pastete herausputzen und vor Entzücken in die Hände klatschen; oder hieße man sie, eine Perücke falsch herum aufzusetzen, so daß ihr das Gelock weit über die Nase hinge, sie täte auch dies, ein Lamm von hinten bis vorn, und alles mit demselben Ausdruck, der besagt: »Du kennst meinen flinken Schritt, meine wirkliche Wildbahn, meinen wahren Biß. Mein Einkommen und mein Auskommen unterliegen deinem Geheiß, bin ich doch nur der Schatten meiner selbst, wenn ich nicht an deiner Seite bin, und was ich bin, ist, weil du bist, und solltest du dich umwenden und mich nicht finden, so deshalb, weil ich das, was deiner nicht würdig ist, zu einer anderen getragen habe, die mich womöglich wieder strahlend pustet, so daß ich deinem Blitzstrahl wieder entgegenzuleuchten vermag, eine Sonne meinem Strahl!«

Nein – – – ich kann's nicht niederschreiben! Es kommt noch schlimmer! Mehr Bratenschmalz, mehr Weiche, mehr Lavendel, mehr malvenmang, noch eingeseimter, noch mehr Blumenstreu, noch puttenputziger, noch gräuslicher bar jeglicher Vernunft und jeglichen Verstandes, gar nicht zu reden vom Humor. Nirgendwo und in keiner Tasche bewahren solche ein Senfkorn jener Anwandlung auf, aufgrund derer sie sich ins Futter schneuzen könnten, sie können nicht glücklich sein, solange sie sich nicht in Melasse wälzen und wie eine auf den Leim gegangene Fliege durch hochrote Sümpfe krauchen, alle Beine angekettet und nachschleppend in der Gummilösung der Liebe!

Und genauso wie andere eine gemeine Zunge haben, so sind die hier zum Speien süß. Das eine macht der Kehle übel, das andere dem Herzen. Denn was vermag eine über eine Frau, die sich solcherart über den Purpur beugt und in solchem Maße Schmeicheleien ausstreut, daß die eindeutige Natur der Fakten entweder kandiert oder gezuckert wird bis zum Mysterium oder aber so besudelt, daß sie nicht gerade ein lohnender Fund sind? Gewiß ist es bewundernswert, eine Eingebung zu haben und eine Eingebung im Zustand der Verliebtheit, doch weshalb denn so witzlos über eine derart witzige Tollheit? Sie dräute doch nur um so gewaltiger, befreite man sie von ihrem Gekreisch, doch nein, sie können nur im Zustand der Betäubung. So neblig wie ein Weiher, so ausgezehrt wie eine Pumpe, so laut zwitschernd auf dem Draht, daß man die Botschaft nicht vernehmen kann. Und sei's drum!

Er träumte von einem Mädchen, das dieselbe Nase (ziemlich dick), denselben hinkenden Gang, dieselben linken Anschauungen, dieselben sexuellen Vorlieben (cunnilingus) wie er hätte. Ja, von einem solchen Mädchen träumte er. Am Ende liebte er einen Jungen, der auf Penetration versessen, überzeugter Monarchist, ein großer Wanderer war und die kleinste Nase der Welt hatte. JACQUES JOUET

»Da bin ich!« rief der Prinz, als er mit seinem Schwert im Dornenhain auftauchte. »Komm mit!«

»Wohin?« sagte die Prinzessin und richtete sich langsam von ihrem Lager aus Jutesäcken auf.

»In die Freiheit! Rasch!« sagte der Prinz, indem er sich mit dem Ärmel das Blut aus dem Gesicht wischte. »Ich habe mir, als ich den Drachen wegfliegen sah, einen Gang durch die Dornen gehauen. Komm mit, bevor er wieder da ist!«

»Wieso?« fragte die Prinzessin.

»Wie kannst du so etwas fragen?« sagte der Prinz. »Draußen ist die Freiheit, das Leben, die Freude. Du kannst wieder in einem richtigen Bett schlafen, dich waschen und kämmen und schön anziehen.«

Und er blickte auf die Bettstelle der Prinzessin und auf ihr zerrissenes Kleid, unter dem überall die Haut zu sehen war, mit einem rötlichen Ausschlag, der über den ganzen Körper zu gehen schien.

»Ich liebe den Drachen«, sagte die Prinzessin.

Der Prinz war fassungslos. »Was? Dieses garstige, ruppige, schuppige Vieh?«

»Ja«, sagte die Prinzessin. »Er kann fliegen, und wir lieben uns immer in der Luft. Das Gefühl, wenn ich hoch oben schwebe, mich an ihn klammere und er mir sein feuriges Glied zwischen die Schenkel treibt, ist unbeschreiblich.«

»Es gibt doch noch anderes«, sagte der Prinz.

»Ja«, sagte die Prinzessin, »aber es ist alles nichts gegen dieses eine Gefühl.« Und sie sah ohne Mitleid zu, wie der Drache, der soeben zurückgekehrt war, den Prinzen zertrat.

»Komm«, sagte sie zum Drachen, »komm, wir wollen fliegen.«

Sie umarmte ihn, und zusammen erhoben sie sich in die Luft.

Carlo saß zusammengekauert auf den trockenen, harten
Kamillebüscheln und wandte den Kopf, um Sandro anzu-
blicken. Er sah ihn ausdruckslos an, wie jemand, der sich
daranmacht, eine Pflicht zu erfüllen, die, wenn ich mich so
ausdrücken darf, auf reine Technik reduziert war: und im
übrigen bereits vorher abgesprochen und vereinbart. Dort
mußte sie sozusagen nur noch erledigt werden. Vergebens,
das Herz in seiner Brust hatte das Wunder vor Augen: es
war wild erfüllt – mehr noch: wie man in diesen Fällen sagt,
es floß über – von diesem Bewußtsein. Doch Carlos Blicke
und Handlungen entbehrten von Anfang an jeder augenfäl-
ligen Teilnahme. Kurz gesagt, Carlos Verhalten wurde un-
verzüglich zu einer gewissen Nachahmung der hastigen Lei-
stung einer Nutte, die nicht zugeben darf, daß sie das, was sie
macht, außer für Geld auch zum Vergnügen macht. Würde
sie ein gewisses Vergnügen verraten, könnte sie anschlie-
ßend kein Geld mehr verlangen. So kniete sich Carlo, ohne
es eigentlich vorbereitet zu haben, vor Sandro nieder und
wartete ausdruckslos und beinahe abwesend darauf, die
Sache hinter sich zu bringen, die dem Burschen so sehr am
Herzen lag: und zwar nicht nur gekonnt hinter sich zu bringen, sondern auch mit einem gewissen komplizenhaften
Eifer. Sandro wiederum war ein bißchen schüchtern. Doch
in jenen Jahren hatten Jungs ein kodifiziertes und damit all-
gemeines Verhalten, auch für ein so privates und persön-
liches Gefühl wie die Schüchternheit. Es gab das Lächeln für
die Schüchternheit, es gab Worte für die Schüchternheit,
und es gab Bewegungen für die Schüchternheit. Natürlich
handelte es sich dabei um eine oberflächliche und leicht
zu maskierende Schüchternheit. Sandro, der einen ganzen
Kopf größer war als Carlo und ziemlich stark, mußte allerdings wesentlich jünger sein als er aussah: wahrscheinlich
war er gerade erst sechzehn: und so funkelte das Lächeln in
seinen Augen nicht nur mit dem Ausdruck eines kleinen
Jungen, sondern auch mit dem Ausdruck eines kleinen Jungen mit guten Manieren, die die Mutter ihm beigebracht

hat: eine Mutter aus dem Volk, daher besteht die gute Erziehung natürlich in einer instinktiven und gut verwurzelten Liebenswürdigkeit. Diese mütterliche Liebenswürdigkeit kam in allem zum Vorschein, was Sandro tat und wie er sich bewegte. Sie haftete ihm an wie ein Geruch. Außerdem wirkte auch seine Kleidung, die schlichte Hose und das schlichte T-Shirt, als wäre sie auf irgendeinem kleinen Markt gemeinsam mit der Mutter vom Haushaltsgeld gekauft worden. Als er sah, daß Carlo sich nicht rührte, sondern gehorsam und willig wie ein Schaf wartete und keine Initiative ergriff, begann Sandro mit den ›kodifizierten‹ Bewegungen seiner Schüchternheit, sich die Hose aufzuknöpfen, wobei er seine Verlegenheit – auch sie sehr oberflächlich – hinter einer Art mürrischer und etwas überheblicher Hast verbarg. Zunächst beschränkte er sich darauf, die Hose aufzuknöpfen, um, die Hand in die Öffnung schiebend, den Schwanz herauszuholen, der in dem blauen Slip offensichtlich ungeheuer eingezwängt und unbeachtet saß: und weil er ihn so nicht herausholen konnte, öffnete Sandro mit einer noch mürrischeren und noch hastigeren Bewegung den Gürtel und zog die Hose bis zur Leiste herunter. Jetzt konnte der Schwanz aus dem Slip geholt werden. Und der Grund, weshalb er vorher nicht herausspringen konnte, war einfach: er war prallhart. Deshalb schämte sich Sandro wieder ein bißchen, denn er hatte damit seine unschuldige, jungenhafte Lust erkennen lassen. Aber auch dafür hatte er ein Lächeln und eine schlagfertige Bemerkung ›parat‹: er lächelte voller Freude und sagte: »Da steht er schon«, und gleichzeitig streckte er eine Hand aus, mit der er Carlos Nacken leicht berührte, um ihn an sich heranzuziehen. Das Herz von Carlo war in Aufruhr, denn er sah diesen Schwanz, groß, hell, sozusagen leuchtend in seiner Färbung, mit der dünnen, über der rosigen Eichel gespannten Haut und der leichten Rissigkeit, die auf einen geruchlosen Flaum zurückzuführen war, Zeichen dafür, daß Sandro schon lange ›nicht mehr gekommen war‹: und im übrigen war die Bürde des Samens und der Lust deutlich erkennbar, denn das gesamte Glied, sauber, hell, aber knotig, mit heraustretenden Adern, zuckte immer wieder und schoß nach vorn und in die Höhe, wobei es immer verzweifelter die rosig glänzende, trockene

Eichel freilegte. Angesichts dieses Schauspiels war Carlos Herz, ich sage es noch einmal, in Aufruhr: doch ließ er sich nichts anmerken, statt dessen machte er sich mechanisch daran, das zu tun, was Sandro unmißverständlich von ihm forderte. Er beschränkte sich darauf, den Kopf nach oben zu richten, um Sandro einen Augenblick lang ins Gesicht zu blicken und ihm fröhlich und ein bißchen geziert »Amore« zuzuflüstern, um ihn zu beglückwünschen. In diesem Bruchteil einer Sekunde erkannte er Sandro und das, was er in diesem Augenblick seines Lebens war. Carlo beugte sich mit unendlicher Zärtlichkeit, fast mit Feinfühligkeit über seinen Schwanz. Kaum wagte er es, ihn mit den Händen zu berühren, und näherte sich ihm, ihn flüchtig streifend, mit den Lippen. Er wollte den Augenblick, in dem es ihm vergönnt war, ihn zu berühren, zu spüren, so lange wie möglich hinauszögern. Doch dafür war Sandro nicht zu haben, der sagte: »Mach schon«, und versuchte, seinen Schwanz an Carlos Mund zu pressen, damit dieser anfangen sollte, ihn richtig zu bearbeiten. Carlo gehorchte bereitwillig. Beim ›Bearbeiten‹ versuchte er, Sandro seine Sorgfalt und seine demutsvolle Hingabe spüren zu lassen, die ihm fast einen Kloß im Hals verursachte: das heißt, Sandro sollte spüren, daß er ihm zu Diensten war. Zuerst machte er es mechanisch, weil das, wie gesagt, Bestandteil des Verhaltens einer ›Nutte‹ war, womit sie einem Freier zu verstehen gibt, daß er sich mit dem Mechanischen des Vorgangs zufriedengeben muß, für den sie bezahlt wird. Doch dann, so, als würde sich Carlo mehr und mehr in diesen jungenhaften und schon so väterlich gebieterischen Schwanz mit seiner äderigen Härte und zugleich seiner Zärtlichkeit verlieben, begann er, mehr Gefühl hineinzulegen. Was ihn zu mitreißender Freude führte, als er den leicht über ihn gebeugten Sandro »Bravo« sagen hörte. Dieses Wort ließ ihn sozusagen in einen Abgrund von Zärtlichkeit stürzen, fast kamen ihm die Tränen. Auch weil Sandro seinen Schwanz, so tief er konnte, in ihn hineinstieß, daß er Carlo fast zum Ersticken brachte und ihm Tränen in die Augen trieb. Verhängnisvoll war es, daß Sandro schließlich seine Hand in Carlos Nacken legte: die schwielige, schwere Hand eines Jungen von großem Wuchs, der schon immer hatte arbeiten müssen. Leicht übertreibend stellte sich Carlo vor, daß er die Pranke eines großen Tiers in seinem Nacken spürte; und was ihn mit einem fast herzzerreißenden Gefühl von Dankbarkeit am meisten beängstigte, war, daß diese Riesenhand in seinem Nacken einen leichten und allmählich immer stärker und gebieterischer werdenden Druck ausübte. Kurz darauf hob sich auch Sandros andere Hand und legte sich drückend auf eine von Carlos Schultern. Und so war Carlo zu Sandros Gefangenem geworden, zum Sklaven seines Willens, wie es schien. Halb erstickt und die Augen voller Tränen, die ihn nichts mehr erkennen ließen, war es nun nicht mehr Carlo, der seinen Kopf auf und ab bewegte, sondern es war San- dros Hand, die ihn das besorgen ließ, und zwar so gewalt- tätig und flink, wie man es kaum für möglich gehalten hätte. Schließlich hörte Sandro schlagartig auf, still. Carlo spürte, wie Sandros Schwanz anschwoll und sich auspreßte, sozusa- gen zerfloß. Er versuchte, sich von ihm loszumachen: aber die Hände des stillen Sandro in seinem Nacken und auf sei- ner Schulter waren wie Zwingen. Erst viel später, als der letzte Samentropfen herausgepreßt war, lockerte Sandro seinen Griff und ließ Carlos Kopf wieder los. Carlo befreite sich und betrachtete, wenige Zentimeter von seiner Nase entfernt, Sandros Schwanz: so, schon ein bißchen schlaff geworden, wirkte er noch riesiger; und dann war da der Glanz von Samen und Speichel, die seiner Hautfärbung eine Art tierischer und etwas obszöner Fahlheit verliehen: und trotzdem hatte diese Feuchtigkeit etwas Heiliges. Carlo blickte noch einmal kurz zu Sandro empor. Und dies war wieder der Bruchteil eines Augenblicks, der einem Jahrhun- dert der Betrachtung entsprach. Das Lachen in Sandros Ge- sichtszügen war etwas erloschen: das Spiel war aus.

a love-story, dringend

d dr dri drin ring inge ngen gend end nd d

ERNST JANDL

»Ich seh alldort ein grosz Thier!«

»Einen vierbeynichten Esel, Euer Hochwohlgeboren!«

Sie näherten sich und fandten eine junge Eselin mit hellem Fell an den Stamm des belaupten Feygenbaums gebundten, die ihre Ohren beym Erscheynen der zween aufrichtete, zwey neue Gesichter für sie, die ihre Augen rollte als wollte sie nach Hülffe suchen, ihren Kopf bewegte und im hohen Gras mit ihren Hufen scharrte.

»Ein schönes Thier!«

»Noch gantz jung.«

»Zartes Fleysch!«

»Mann könnt sie am Spiesze brathen mit starkem Gewürtze«, sagte Ulfredo.

»Und Speckscheypgen.«

Bellaugh näherte sich dem Thiere noch mehr, löste den Hanffstrick vom Baumstamm und reychte ihn an Ulfredo.

»Es ist eine weiplichte Eselin, Euer Hochwohlgeboren.«

»Du ziehest sie und ich schiep sie.«

Die Eselin kehrte sich zu Bellaugh um und leckte ihm die Handt.

»Ein wollüsticht Geprickel!«

Bellaugh kam ihr näher und liesz sich das Gesichte belekken. Ein Gelecke und noch eines, die Eselin leckte und leckte an Bellaugh. Und er ließ sich das Gesichte belecken, deinde den Hals und wieder die Handt. Er hielt der Eselin seyn Ohr hin, die ihm auch dieses leckte und ihre Zungenspitz in die Öffnung schop, und er begann vor Wollust zu winslen, alsdann begann er, die Zunge der Eselin zu lecken, Zunge an Zunge, und riep seyne Nas wider die Nase des Thieres. Ulfredo gaffte verwundtert. Was war seynem Graffzog und der Eselin widerfahren? Er kehrete sich in eine andere Richtung, kratzete sich die Eyer und blickte verschämt herum, um zu sehen, ob nicht jemandt sich näherte. Niemandt.

Bellaugh sprach zu Ulfredo:

»Du hältst sie itzo am Halse feste, und ich fick sie.«

»Wen wollen Euer Hochwohlgeboren ficken?«

»Die Eselin.«

»Euer Hochwohlgeboren?«

»Hast du zufällicht etwas dawider zu sagen?«

»Oberhaupt nichts.«

Bellaugh gieng nach hinten und streychelte der Eselin weyches Fell, kitzelte mit den Fingern seyn die Öffnung und zog dann unter Anstrengung seynen Saftvogel heraus, der so hart war alswie Holtze, und ohn weythere Zeyth zu verlieren, bohrte er ihn in die Höhle. Deinde rammelte er vorwärts und rücke, umarmte das Hintertheyl des Thiers, das wollüstig sich zu freuen anfieng, seynen Rücken krümmte und mit heraushängendter Zung keichte. Und dieweil es Bellaugh hinten in sich aufnahm, leckte es Ulfredos Gesichte.

Eine Fickerey alswie diese konnte Bellaugh sich aus seynem gantzen Leben nicht herinnern. Tieff und in einem so warmen und jungfräulichen Loche, alldieweil die Eselin noch jungfräulich war. Bellaugh stockte der Athem, er gap einen letzten Stosz aus den Hüfften, dann zog er seynen Schwantz heraus und liesz sich ins Gras fallen, inmitten des Schattens, unter dem Laupe des Feygenbaums.

»Diese Eselin gehöret mir! Den soll die Pest holen, der sie von nun an berühret!«

»Euer Hochwohlgeboren, niemandt nicht wirdt sie berühren.«

»Es wirdt deyne Aufgape seyn, dich um sie zu kümmern.«

»Ich werdt mich um sie kümmern.«

»Sie soll am Hofe gehalten werdten alswie jed andrer Höfling.«

»So soll es geschehen, Euer Hochwohlgeboren.«

»Ich bestimme und verfüge, dasz sie zur höfischen Mätresse soll ernennet und in das Adelsbuch bey Hofe eingetragen werdten. Des weytheren soll sie Behandtlung erfahren und Speysen erhalten, alswie ihrer Stellung als Mätresse zukömmt.«

»Die Eselin?«

»Wer denn sonste? Schlieszlicht hast du zween Ohren, um zu hören!«

Ulfredo verneygte sich zum Zeychen der Zustimmung und der Ehrerbietung. Deinde öffnete er den Mundt:

»Dann soll sie wohl nimmer gebrathen werdten mit starken Gewürtzen und Scheypgen vom Speck.«

»So du nicht willst erhenket werdten.«

»Der Befehl, sie zu brathen, wirdt inde widerrufen.«

»Gäntzlicht widerrufen.«

Ulfredo zog am Hanffstrick das Thier hinter sich her. Bellaugh folgte hinterdreyn und berührte und glättete der Eselin Fell, das allwegen ihrer Jugendt noch gar wollig gewesen. Bisweilen gieng er auch dichte an ihr Ohr, um ihr Worthe zuzuflüstern, Worthe der Liebe, alswie Arsch und Fötzgen und noch andere Worthe mehr der Liebe.

Ich war von 1936 bis 1944, also 8 Jahre, Feldhüter, und als Kaninchenzüchter habe ich auch ein besonderes Interesse für die Wildhasen gehabt. Ich kann bestimmt solche von Wildkaninchen unterscheiden und habe in den 8 Jahren viele Wildhasen decken, aber nie gesehen, daß der Hase die Häsin im Laufen bespringt, sondern es war nach dem vorhergegangenen Umherjagen immer ein kurzer Moment des Stillstandes der Häsin, wo der Deckakt stattfand und der Rammler nicht, wie bei unseren Zahmkaninchen, seitlich oder nach hinten umkippt, sondern immer in die Höhe sprang, sozusagen einen Luftsprung in ungefährer Höhe von 50 cm ausführte. Das sind meine Beobachtungen beim Decken der Hasen, und es waren in 8 Jahren nicht wenige dieser Deckakte, die ich mit ansehen konnte.

(O. H. in G., *»Der Kaninchenzüchter«*, 8/1948)

ROBERT PINGET *Die Gurken*

Es war einmal ein junger Gurkenschwengel, aber leider, leider, kein bißchen sympathisch. Er räkelte sich in der Sonne. Er war schon fast goldbraun. Der erste am Strand, der letzte, der ihn verließ. Er blies sich auf, die Augen halb geschlossen, mit herausforderndem Stiel. Die Gurkinnen waren ganz verrückt nach ihm. Er hatte so eine Art, sich an sie heranzuschlängeln, sich an ihnen zu reiben ... Und dabei riesige Adern. Er war einfach der Schwarm des ganzen Strandes. Die grünen Bohnen vertrockneten vor Sehnsucht. Die Schwarzwurzeln starben kiloweise. Bald gab es auf dem Markt des kleinen Badeortes nur noch Gurken. Vom Erfolg ihres Artgenossen angestachelt, sprossen sie nur so. Polizeimaßnahmen mußten ergriffen werden, um die Ausbreitung zu regeln. Trotz des Erlasses eroberten die Gurken das ganze Land. Man sah sie überall. Sie erkletterten die Balkone und erdrückten dabei die Kapuzinerkresse; sie füllten die Badewannen, sie verfaulten in den Wäschekörben.

»Mein Gott«, sagte sich eines Tages Mademoiselle Chantal, »ich muß mein Leben ändern. Morgens Gurken essen, Gurkenpastis trinken, mit Gurken scheuern.« Und wirklich, sie paßte sich an. Wahnsinnig, wie abhängig man von einem guten Gemüse werden kann. Chantal ging schwanger mit einer Gurke und kam nieder. Der Bürgermeister, von einem Gerichtsschreiber unterstützt, nahm das Protokoll der Entbindung auf. Er traute seinen Augen nicht: Chantal auf ihrem Leidensbett war ganz aus Gurkenblättern, Gurkenblüten und Gurkenfrüchten.

In der Schule gab es ein großes Gaudium. Kinder sind ja so schlau. Die kleinen Mädchen brachten, wenn sie aus der Schule kamen, die alten Damen zum Erröten: Sie ließen unter ihren Röckchen Gurkenschwengel hervorgucken und lutschten sie den ganzen Tag.

Von den Buben gar nicht zu reden. Die erfanden ein neues Spiel: die Kapuzengurke. Mit Sprengstoff geladen und in eine Gummihülle gesteckt, wirft man sie nach einem

Vorübergehenden, und sie explodiert. Hält die Kapuze, hat man gewonnen, hält sie nicht, verloren.

Der Herr Pfarrer mußte eine Predigt über die Gurken halten. Das gab einen schönen Skandal, obwohl er sich auf die etymologische Analyse des Wortes beschränkte.

Aber glauben Sie etwa, der Schuldige, der erste, der am Strand, wäre irgendwie belangt worden? Keineswegs. Man ließ ihn den ganzen Sommer über sein Unwesen in der Sonne treiben. Es ist also sehr wahrscheinlich, daß er im nächsten Sommer wieder damit anfängt.

Purrnogarrapfhü

Purrno, ömma wüdar Purrno,
mall vann hüntn, mall van vurrno, –
eunzigöss Prubleim darpui:
Getschlachtzorrgune geibptz norr zwui.
Bastnpfullz nuch Monndt ont Baussen,
duch dar kimmt nücht pvill pei raußßn.
Hött' monn pfömpf Getschlachtzorrgunen,
künnt' monn züch pvill mööhr varwuhnen,
ont di Purrnogarrapfhü
wärr's su lostigck, vi nuch nüü.
                                                    MATTHIAS KOEPPEL

Wie ich es auch anstellte, ich konnte das Gesicht des Chauffeurs nicht sehen, er hatte Ähnlichkeit mit einem Kosaken und fuhr unser Auto. Neben mir reiste eine Frau in Trauergewändern, die Vornehmheit einer Göttin, die Blässe der Morgenröte. Ich kannte sie nicht. Ich hatte sie nie gesehen. Aber ich fühlte, wie die Lust mir erwachend durch die Haut fuhr. Wir durchquerten eine Landschaft ohne Himmel, ohne Himmel so weit das Auge reichte. Die Erde war mit schwarzen Blumen bedeckt, die einen durchdringenden Duft nach dem Alkoven einer Frau verströmten.

Meine Unbekannte befahl dem Chauffeur, an einem großen randvollen See anzuhalten, einem *Tränenmeer voller Angst.* »Das ist«, sagte sie zu mir, »der randvolle Tränensee der Angst.« Ich achtete nicht auf ihre Worte, beschäftigt wie ich gerade war, sie auf die Brust zwischen den Brüsten zu küssen, die sie mit den Händen verbarg, trostlos weinend, fast unfähig, sich gegen meine Laszivität zu verteidigen.

Der Chauffeur trat mit der Mütze in der Hand zu uns, ich weiß nicht warum. Ich glaubte, sein Gesicht wiederzuerkennen und hatte nicht länger Zweifel über seine Person, als er mit einem Lächeln ausrief: »See, mein Freund.« Verrückt vor Freude erwiderte ich: »Du bist es, mein Freund der See, tränenalt.« Mit welchem Jubel empfingen wir uns, umarmten uns mit einer Freude von Toten bei der Auferstehung.

Neben uns hielt gerade eine Beerdigung an. In dem Sarg lag in ein Leichentuch gehüllt die unbekannte Dame von soeben. Bleiche Blume aus Fleisch, ohne singen zu können! Über ihre Wange glitt noch die letzte Träne, wunderbarerweise auf dem Wangenbein verweilend wie ein Vogel auf dem Zweig.

Mein Freund stürzte sich auf sie und küßte sie leidenschaftlich auf die Lippen, auf diese Lippen, die totenbleich waren und dann unmerklich grün, dann rot, dann feuerfarben, dann höllisch wurden.

Ich begann einen tödlichen Haß auf den Chauffeur zu empfinden, der nicht länger mein Freund war. Ich begann eine grenzenlose Abneigung gegen diesen Geschmack nach brennender Zitrone zu empfinden, den die unbestatteten Lippen der Unbekannten auf seinen Lippen hinterlassen haben mußten.

Ein leichtsinniges Huhn, das sich vom Hühnerhof entfernt hatte, sah sich auf einmal einem Fasan gegenüber. Es verliebte sich wahnsinnig in ihn, aber es wurde eine unglückliche Liebe, weil der Fasan kurzsichtig war und das Huhn für ein Kaninchen gehalten hatte. Es wäre auch dann eine unglückliche Liebe geworden, wenn der Fasan gemerkt hätte, daß er es mit einem Huhn zu tun hatte.   LUIGI MALERBA

BORIS VIAN *Ich liebe nur mich*

Man wirft mir vor, niemand zu lieben
Man sagt mir, ich sei gräßlich, ich hätte kein Herz
Alle Welt schnauzt mich an, man hält mich für durchtrieben
Mir ist das egal, es bereitet mir keinen Schmerz

Ich liebe mich
Ich fühle mich niemals allein
Ich liebe mich
Ich leiste meiner Kälte Gesellschaft

Klasse
Wenn jemand blickt
Grimasse
Und mich bringt sie zum lachen
Ich weiß nicht, weshalb man sagt
Mit sich selbst langweile man sich
Ich langweile mich nie, ich leg mich ins Bett
Das ist ein schönes Leben
Ich liebe mich
Ich werde mich nicht nach dir sehnen
Ich liebe mich
Und erspare mir Eifersuchtsszenen

Eines Tages tritt ein Mann in mein Leben
Ich gefalle ihm, er will meinen Körper seh'n
Ich kenne sie, sie beneiden mich sehr
Aber mir ist das egal und ich kann ihn entbehr'n

Ich liebe mich
Es ist zwecklos, auf mich zu warten
Ganz gleich
Ich folge dir nicht
Ich liebe mich
Mit mir bin ich zärtlich
Ich liebe mich
Denn ich liebe nur mich

Vielleicht kommt mal ein trauriger Abend
Und treff ich dann einen schönen Jungen
Sag ich ihm, ohne viel Worte zu machen
Komm mich besuchen
Ich liebe mich
Und sag dir nicht gleich
Ich liebe dich
Denn zuvor liebe ich mich

JOHANNES BOBROWSKI   *De homine publico tractatus*

Man ist für das Leben nicht eingerichtet. Man hat seine Natur, seine Sinne, in der Stadt fünf, auf dem Land sieben. Solche Sinneswerkzeuge, eine ganze Schmiede im Ohr, hat Bayer aus Wien gesagt, und anderswo ausgedehnte Faunen und Floren oder Florenfaunen oder umgekehrt, die man – in vollem Einverständnis mit ihnen – ernährt, durchbringt durch den Lebenskampf; es ist ein angenehmes Gefühl, in Tätigkeit zu sein als ein organisierter natürlicher Komplex. Künstlich und fein bereitet. Sagt Neander, aber das reicht nicht.

Da kommen einem nun mancherlei Dinge zu Hilfe: dem Menschen schlechthin Hilfsbereitschaft oder Rücksicht, dem Gesetzesbrecher Strafe und Isolierung, dem Beamten Vorschriften und Anordnungen. So findet man sich zurecht.

Und dann moralische Verpflichtungen. Die man fühlt. Im Innern. Und eben Tierliebe und Menschenkenntnis. Petrat ist Posthalter. In Abschwangen oder sonstwo, aber nicht in Uderwangen, Uderwangen ist größer. Und er hat seine Vorschriften.

1.) Einhaltung der Dienststunden.

Also da sitzt Petrat in seiner Dienststube, am Sonntag, da ist die Post also geschlossen, er sitzt am Tisch, in seinem Dienststuhl mit den Armlehnen und dem Kalikobezug. Ein stiller Ort wie lauter Grün, das kommt von den Bäumen. Da sieht er durchs Fenster. Alles aufgeräumt, gefegt, gewischt, Fliegenfänger erneuert, draußen, auf der kleinen Vortreppe, Sand gestreut.

Und da kommt die alte Frau auf der Dorfstraße angewandert und verläßt schon am Dorfeingang die linke Straßen-

seite, um auf die rechte hinüberzugelangen, wo am Dorfaus-
gang das Posthaus steht, braucht also vierhundert Meter
reichlich dazu, also ganz im Schrägen, eine haargenaue Gerade, die sie da hinlegt, im Schrägen, ohne Rücksicht auf das
bekannte Abschwanger Pflaster. Kommt also an, und die
Post ist zu, abgeschlossen, Sand gestreut, Sonntag.

Wir sagen: Diese alte Frau heißt Krepsztakies, das ist nun
also die Krepsztakiene – und am Sonntag; völlig in Schwarz
daher, mit Schuhen und dem Kopftuch mit dem vollständi-
gen Troddelbesatz.

Petrat hat sie sehen können, diesen gleichmäßigen An-
marsch, er sieht in der Hand den Brief, die andere Hand ist
eine Faust, da hat sie also das Geld bekniffen. Man macht
einen solchen Weg nicht, um vor der Tür zu stehen; an Weggehen, unverrichteter Dinge, gar nicht zu denken. Petrat
wartet, bis die Krepsztakiene ans Fenster kommt.

Na, wirst du mal, Petrat.

Petrat also begibt sich ans Fenster, öffnet es, hakt die
Sicherung ein. Heute ist Sonntag, Post ist zu, Dienststunden
sind an der Tür angeschlagen, aber das hilft ja nun nichts,
weiß er selber, Petrat, Beamter und Mensch. Nur, wer jetzt
denkt, daß es einen Widerstreit zwischen Pflicht und Neigung, Amt und Freundlichkeit, Staat und Individuum geben
kann, der täuscht sich.

Petrat sagt: Türe bleibt zu, keine Dienststunden am heiligen Sonntag, hintenrum gibts in der Kneipe, bei mir nicht.
Er nimmt einen Stuhl, setzt ihn durchs Fenster, draußen an
die Hauswand, einen zweiten Stuhl rückt er von innen vors
Fenster, beugt sich weit hinaus, hilft der Krepsztakiene auf
den Stuhl draußen, aufs Fensterbrett, auf den Stuhl innen.

Nun steht sie auf dem sicheren Fußboden, Petrat setzt
sich in seinen amtlichen Stuhl, die Post bleibt geschlossen,
hintenrum ist das nicht: das hieße, die Hintertür öffnen,
er nimmt das Geld entgegen und eine Briefmarke aus dem
Briefmarkenbuch.

Nachher den beschriebenen Weg wieder zurück. Auf
Wiedersehn, Frau Krepsztakies.

2.) Einhaltung der Kompetenzen.

Das ist vorschriftlich nicht geregelt. Aber es ist wichtig,
es betrifft die Würde des Amtes, bedarf also besonderer

Vorsicht und Umsicht, man ehrt sich da weniger als den Staat.

Ich werde womöglich für jeden die Marken belecken? Das ist so, von jeher: Die Leute bringen ihren Brief, legen ihn auf den Tisch und das Geld dazu. Der Posthalter prüft Anschrift und Absender, nimmt das Geld entgegen und folgt eine Briefmarke aus, d. h. er klebt sie auf, vor den Augen des Absenders. Denn dieser Absender hat die Marke ordnungsgemäß erworben, sie gehört ihm. Andrerseits ist die Briefmarke ein Siegel, ein amtliches Papier, wenn auch ein kleines, man streut es nicht unter die Leute. Aber: Werde ich womöglich für jeden die Marken belecken?

Petrat führt daher ein: Brief hinlegen, Geld hinlegen, Zunge rausstrecken. An der herausgestreckten Zunge wird die Marke befeuchtet, Petrat braucht nur den Arm zu heben, die Marke liegt, gummierte Seite offen, auf Zeige- und Mittelfinger. Abstreifen, dann also Aufkleben, Stempeln, Aufwiedersehn.

3.) Der Beamte hat sich als ein Diener der Gesellschaft zu betrachten.

Man sagt leicht statt Gesellschaft Staat, ich erwähne das nur. Er hat sich zu betrachten, steht da, wir setzen hinzu: und entsprechend zu handeln. Petrat handelt entsprechend. Und betrachtet sich auch.

Das ist schon lange her. Da hörte man, und wer eine Zeitung hielt, las es in der Zeitung, daß es jetzt Radio gäbe, etwas Neues auf der Welt, richtige Stimmen aus der Luft, d. h. sie kämen aus einem Apparat und einem Schalltrichter. Ganz etwas anderes als die Windstimmen, die der Schäfer Pasnokat meint, wo man alles heraushört und nichts Richtiges. Der ist sommerüber draußen. Wenn man mit ihm reden will, sagt er: Was kimmer mie. Also Radio. Und Petrat als Diener. Und es kommt alles nicht so schnell bis Abschwangen.

Also läßt Petrat ausrufen: Heute abend Radio in der Post, Eintritt frei. Und steckt Briefträger Lemke mit seiner Ziehharmonika in den großen Schrank. Dann kommen die Leute, abends, und setzen sich hin, Petrat sagt: Radio fängt gleich an. Und Briefträger Lemke also spielt im Schrank, fein heimlich, es ist, als käme die Musik von weither, aus der Luft, von Berlin, auf diesen Wellen, wie Petrat gesagt hat.

4.) Menschenkenntnis.

Sie gehört zum öffentlichen Amt. Natürlich: die Prinzipien. Aber was da wirkt und sich auswirkt, tut das unter den Leuten, mit den Leuten. Es spielt sich ab unter Leuten, wie gesagt, Leute stehn nicht im Rechenbuch.

Wer es nicht glauben möchte, erfährt es – bei Leuten. Muß bloß aufstehn und hingehn und, am besten, bleiben. Petrat sitzt in der Gastwirtschaft am richtigen Sonnabend, also Sonnabendabend, und beileibe nicht allein. Schlitzkus, der Wirt, geht hin und her an seinen sieben Tischen, erst er, dann seine Frau, dann steht er an der Theke. Es ist laut in der Gaststube, aber es ist friedlich, ein lauter Frieden, das gibt es.

Petrat erzählt, unter konsequenter Wahrung des Briefgeheimnisses, die andern hören zu, bis auf den Lehrer Laudien, der vor sich hin singt. Und da geht das Telefon. Abschwangen dreidreidrei, sagt Schlitzkus, dann hört er eine Weile zu, dann sagt er: Bottke, du sollst nach Hause gehn.

Na ja, sagt Bottke, und Petrat erzählt etwas über Frauen und über Männer. Die deutsche Frau hat warten gelernt, auf den Mann. Und als diese Frau Bottke zum zweiten Mal anruft, sitzt der Bottke noch immer da und bleibt auch sitzen. Und wäre vielleicht jetzt doch gegangen.

Und nun also geht das Telefon zum dritten Mal. Da steht Bottke auf und mit ihm Petrat. Und Bottke bleibt stehn, und Petrat tritt dem Telefon entgegen und sagt: Guten Abend.

Na ja, Sie sind da, Sie mit Ihren Erzählchens, natürlich, hätte ich mir ja denken können, sagt Frau Bottke und sagt noch mehr und will noch mehr sagen, aber das heißt die Freundlichkeit zu weit treiben, für Petrat, also sagt er seinerseits, man beachte die Feinheiten: Frau Bottke – das ganz fest einsetzend, aber ganz verbindlich ausklingend, dann weiter im Ton sachlicher Feststellung, gleichzeitig jedoch schon ein wenig entrüstet und dabei auch wieder bedauernd (weil man, ganz ungewollt, Zeuge geworden ist, Zeuge eines solchen Auftritts) –, Frau Bottke, im Nachthemd kommen Sie am Apparat? Nein, Frau Bottke ruft nicht mehr an.

Der Bottke kann noch bleiben. Setz dich wieder hin, sagt Petrat.

Man hat so etwas alles im Gefühl. Vielleicht sind Gefühle etwas Unsicheres, aber es hilft nichts, man muß sich schon auf sie verlassen. Wenn man alles erst genau und selber sehen wollte, was richtete man an.

In Allenburg oder auch nicht in Allenburg gab es ein Ehepaar, er schielte, sie schielte, die beiden haben sich im Leben nie gesehen. Sind zusammengeblieben, über die bösen Zeiten vierzehn/achtzehn hinweg, und zusammen gestorben, vierundzwanzig.

Das meine ich.

Schwein des Anstoßes

Wer nicht Anstoß
zum Stoßen
findet
der fühlt sich oft
abgestoßen
wenn vom Stoßen
die Rede
oder das Bild ist

Wir aber
stoßen an
auf das Stoßen
dann glaubt uns jeder
daß uns der Bock stößt
und nicht etwa
schon
der Wurm
        ERICH FRIED

123

Donna Anna läuft Don Giovanni nach
Der Vater läuft seiner Tochter nach und findet Duell und Tod
Der Diener läuft seinem Herrn nach
Der Bräutigam steht da

Zerlina bietet sich Don Giovanni an
Der Ehemann hält seine Frau fest
Donna Elvira läuft Don Giovanni schon seit Jahren hinterher
Der Diener klärt Donna Elvira auf
Wer alles Don Giovanni hinterherläuft

Donna Anna gesteht dem Bräutigam
Daß sie Don Giovanni verfolgt oder nachläuft
Aber der Bräutigam läuft ihr nicht weg
Don Giovanni stellt zehn Weibern in einer Nacht nach
Die ihm nachlaufen werden
Sobald er ihnen weggelaufen sein wird

Die Ehefrau läuft dem Ehemann nach
Der stellt sie Don Giovanni zur Verfügung
So daß Don Giovanni Zerlina trifft
Und davonläuft vor ihr und Donna Elvira
Und Donna Anna und allen den anderen
Die ihm nachstellen mit Ehemännern und Bräutigamen

Don Giovanni stellt Donna Elviras Zofe nach
Donna Elvira läuft mit dem Diener mit
Don Giovanni treibt die Meute auseinander
Die der Ehemann gegen den Herrn auf die Beine gebracht ha·

Der Diener entwischt den Männern und Weibern
Die allesamt ihm versehentlich nachstellen
Und Don Giovanni trifft die Ehefrau des Dieners

Der ihm anklebt wie eine Ehefrau
Und Don Giovanni fordert den Toten auf
Den steinernen: er soll ihm nachlaufen wie Alle

Der Bräutigam läuft Donna Anna hinterher
Die läßt ihn stehen und fliegt in die Lüfte weg
Der blickt ihr nach und bringt Polizei auf die Beine
Niemand läuft Donna Elvira nach

Der steinerne Vater trifft Don Giovanni an
Der ihm nicht wegläuft sondern entgegentritt
So daß Don Giovanni davonkommt
Unterwärts unter die Erde

Die nachgelassenen Witwen und Waisen
Singen das fröhliche Lied auf die Ordnung

43 *Liebesgeschichten*

Didi will immer. Olga ist bekannt dafür. Ursel hat schon dreimal Pech gehabt. Heidi macht keinen Hehl daraus.
    Bei Elke weiß man nicht genau. Petra zögert. Barbara schweigt.
    Andrea hat die Nase voll. Elisabeth rechnet nach. Eva sucht überall. Ute ist einfach zu kompliziert.
    Gaby findet keinen. Sylvia findet es prima. Marianne bekommt Anfälle.
    Nadine spricht davon. Edith weint dabei. Hannelore lacht darüber. Erika freut sich wie ein Kind. Bei Loni könnte man einen Hut dazwischenwerfen.
    Katharina muß man dazu überreden. Ria ist sofort dabei. Brigitte ist tatsächlich eine Überraschung. Angela will nichts davon wissen.
    Helga kann es.
    Tanja hat Angst. Lisa nimmt alles tragisch. Bei Carola, Anke und Hanna hat es keinen Zweck.
    Sabine wartet ab. Mit Ulla ist das so eine Sache. Ilse kann sich erstaunlich beherrschen.
    Gretel denkt nicht daran. Vera denkt sich nichts dabei. Für Margot ist es bestimmt nicht einfach.
    Christel weiß, was sie will. Camilla kann nicht darauf verzichten. Gundula übertreibt. Nina ziert sich noch. Ariane lehnt es einfach ab. Alexandra ist eben Alexandra.
    Vroni ist verrückt danach. Claudia hört auf ihre Eltern.
    Didi will immer.   WOLF WONDRATSCHEK

Cicero war der Klassiker, der Onkel war der Neoklassiker. Und alle beide kamen »nach reiflicher Überlegung« übereinstimmend zu dem Schluß: Wenn wir denn »einige Bedürfnisse befriedigen« müssen, ist es ratsam, daß wir dies »so versteckt wie möglich« tun, damit nicht die Feuerwehr angerast kommt oder der Krankenwagen vom »Grünen Kreuz«.

Die Süßspeise war ausgezeichnet:

»Hat's Ihnen geschmeckt, junger Herr?« fragte Luigia beim Abräumen. »Dann, wenn's recht ist, geh ich auch aus ... einen Moment. Antonio wird zum Abendessen zurück sein.«

Gigi, nun allein im Haus, erwartete, im Glanz seiner neunzehn Jahre, die Ankunft der »Rationalen Erziehung der Jugend nach modernen Konzepten der Ethik«, welche ihm der Onkel auf zwei Uhr nachmittags hatte versprechen lassen: und die ihn von jedem Übel heilen würde. Denn dann wollte er sogleich lossausen, um Paolo abzuholen, und zusammen wollten sie zum Stadion San Siro sausen: die Ambrosiana war diesmal in Form.

Indes hütete er die gräfliche Strenge des Hauses, aber er fühlte, daß in diesen Korridoren und in der Nachbarschaft der Nähmaschine es ein hoffnungsloses Übel sei, neunzehn Jahre alt zu sein.

Die Klingel schellte, und der junge Graf – das »Personal« war abwesend – ging persönlich öffnen. In seinen Schritten und in seinen Bewegungen lag ein perfekter Stil, ein leichter Flaum beschattete seine Oberlippe: in Latein hatte er eine Sechs: in Italienisch eine Fünf: in Mathematik Drei, wenngleich, um gerecht zu sein, manchmal auch eine Vier. Die Anmut des Gesichts war der schönste Ausdruck dessen, was die Eloquenz der Väter und der Lehrer vermag, um eine reine Jünglingsseele zu formen. Dieser Knabe jedoch war plötzlich, trotz aller Fürsorge, neunzehn Jahre alt geworden.

Er meinte, nun seien Domenico und die Ethik eingetroffen: und, mit der Ethik, der freie Nachmittag: so daß das Fieber, das er im Blut hatte, nunmehr mit seinem ehrlichen Namen genannt werden dürfte, nämlich »Ungeduld« (die Ungeduld, das Fußballspiel der »Ambrosiana« zu sehen). Das war eine Art, die Dinge in absoluter Kohärenz mit seiner Erziehung zu bezeichnen.

Als er aber öffnete, war es nicht Domenico. Ein Mädchen stand vor ihm, prächtig, ein Kind der Freude und des Wunders, wenn auch von gedrücktem Respekt übertüncht und stümperhaft aufgetakelt.

»Der Herr Graf schickt mich, diese Bücher abzugeben ...«, sagte sie, und nickte grüßend mit dem Kopf: und indem sie mit den Augen ihn weiter anschaute: »... und um zu sagen, daß man sich keine Sorgen zu machen braucht ...«

»Kommen Sie herein!« sagte Gigi im Ton eines echten Neffen dieses Grafen.

»... weil der Arzt nichts Ernstliches gefunden hat ...«, und sie streifte ein Löckchen zurück, den Neffen des Dienstherrn untertänig und fest anschauend.

Der Geruch des Mädchens – zusammengesetzt, theoretisch, nur aus Kölnisch Wasser und ein wenig Puder – hatte schlagartig jenen so hochherrschaftlichen der alten Tapeten und des Bohnerwachses besiegt: er hatte sich wie ein fürchterlicher Hohn ausgebreitet unter der Nase der vier gelben, verehrungswürdigen Vorahnen im Halbdunkel des Eingangs: wo sie, an der Wand hängend, zwei links und zwei rechts, jeder für sich von ihrem Holzwurm zernagt werden.

Sie hatte ein schönes Sonntagskleidchen an, hell wie die Träume des Frühlings: aber das zarte Gewand ruhte über zwei in ihrem Spielraum so freien Brüsten, daß sie ein lebendes Hohngezirp auf alle Ethiken des Menschlichen Geschlechts zu sein schienen: auf alle Pflichten, auf alle Vorschriften, auf alle Ermahnungen, alle Strafen: selbst auf die Gefängniszellen, in denen Gian Carlo saß und sich, in Erinnerungsträumen, die Nägel zerbiß. Aber Jole war nicht die Schwester von fünf Brüdern: und, als die Tür geschlossen war, gab sie genaueren Aufschluß:

»...Der Graf ist im Bett, aber es ist nur eine leichte Un-päßlichkeit...«, (sie wollte nicht von den Broccoli sprechen, auch nicht vom Rizinusöl), »... er möchte nur ruhen; wie ihm auch der Arzt, gleich nachdem er ihn untersucht hat, empfiehlt; es ist auch die Caterina zu Hause, obwohl auch sie sich nicht sehr wohl fühlt ... immer mit dieser Zugluft und diesen ... Wetterumschlägen ... von warm zu kalt ... Er hat mich beauftragt, diese Bücher zu bringen und dieses Briefchen für die Frau Gräfin... weil Domenico heute nach Hause gefahren ist ...«

Der Redefluß hatte sich gelöst (die Pflicht, sich der Auf-träge zu entledigen), er schlängelte sich zwischen den Prell-steinen des Zeremoniells hindurch.

»Ah«, sagte Gigi, als ob er sagen wollte: »Jetzt versteh ich«; und nahm, mit langsamer Geste, das Buch und das Briefchen. Fürchterliche Hoffnungen warfen die fürchter-liche Liste seiner Pflichten durcheinander.

»Das werden die Bücher des Onkels sein ...«, und er wollte das Päckchen öffnen.

»Ich glaube, ja, junger Herr ... Er hat mir auch aufgetra-gen, die besten Glückwünsche auszurichten ...«, sagte das Mädchen, lächelnd. »...wenngleich ... ich ... mich gefürch-tet habe!...«, und sie errötete tatsächlich. Was Gigi sich nicht erklären konnte, nachdem er die beiden Bücher weggelegt hatte, war, daß das Mädchen sich nicht schämte, mit ihm al-lein zu sein: aber das Mädchen, natürlich, konnte ja nicht ahnen, daß alle anderen weg waren.

»Nun, junger Herr, wenn Sie sonst nichts ...«

Es gab eine Pause: wie einen Wirbel, der das Ereignis zurücksaugt, während der schwanke Schaum der Hoffnung sich in der Dunkelheit aufzulösen scheint, wie das Unge-stüm der in die heulende Brandung des Ozeans zurückge-worfenen Flut.

Gigi zog eine Schublade auf, als suche er etwas, einen Bleistift, in der Erregung einer dringlichen Pflicht; er sagte: »Warten Sie einen Moment!«: er ging nach nebenan, ließ Jole verdutzt stehen, kam mit einem Papiermesser zurück, sagte nochmals zu ihr: »Warten Sie einen Moment!«, nahm eines der Bücher, »setzen Sie sich! ... ich wollte nur etwas nachschauen, hier in dem Buch ...« Aber Jole setzte sich nicht. Sie lächelte, ahnungsvoll, bewundernd, gepackt von wunderlicher Ängstlichkeit.

Gigi konnte dieses Lächeln nicht sehen, er schnitt in einer Art automatischer Hast Seiten auf, nachdem die blöde Geschwollenheit der Widmung ihm durch den Kopf geflattert war wie der Flug einer Fledermaus durchs Dunkel.

Eine einzige Idee schien ihm, in der philosophierenden Welt, von Belang: Jole aufzuhalten! »...Erziehen«, las er im Flug, »bedeutet, die jungen Gemüter zur Ausübung der Tugend zu erheben, indem man gleichzeitig dem Körper die zur Ruhe und zu den gymnastischen Übungen nötigen Stunden zugesteht...« Er brannte in allen Adern, zitterte beinah. Er sah, wie sinnlos alle Pfropfen gegen den Ansturm der Welt waren. Oh!... Wenn Jole fortging...»In der Tat, auch im antiken Rom, dem großen Rom voller Mannestugend...« Entfesselte Hoffnungen hämmerten ihm in den Schläfen und im Herzen..., »das die Welt mit der Heldenhaftigkeit seiner Taten beherrschte...«, noch war die Jole da, noch, »...galt der Sinnspruch oder, wie man auch sagen kann, das Sprichwort, *mens sana in corpore sano*«.

Jole hatte das Gesicht gesenkt, sanft, weil das Warten, gewiß, eine Pflicht war; schließlich war der junge Graf der Neffe des Grafen. In seinem Wohlgeruch schien ihr Busen vor Unbeweglichkeit zu beben. Gigi dachte, suchte, zitternd: »...weshalb, ich wiederhole, wir ausgehen werden von Rom, der Großen Mutter. Und wir werden die Erziehung einteilen in geistige, moralische, physische ...« Die vom Onkel derart gespaltene und gevierteilte Erziehung würde ihm nun nichts mehr rauben...Und die Mama? Die Mama! Dieser Gedanke versetzte ihn, unversehens, in Bestürzung. Aber die Mama war in Brugnasco!

Er ging wieder zurück, ließ das Papiermesser, ließ das Buch liegen, das Briefchen hatte er im Vorzimmer vergessen. Er ging ins Vorzimmer zurück, ohne den Mut zu haben, Jole anzuschauen, als wenn die Augen der Mama, fest und grau, ihm nachspürten. Aber was ihn am meisten in Schrecken versetzte, war, daß er nicht recht wußte, daß er fürchten mußte, daß er nie, nie und nie auch nur hatte versuchen können; etwas nur vom Hörensagen zu kennen, zwischen einer Pflicht und der nächsten, zu kennen durch irgendeinen

»schlechten Gefährten«. Und auch jetzt war der Versuch schon eine Schuld, auf die Schuld folgte dann die Strafe ... vielleicht Polizeihaft? ... Aber Jole hatte keine fünf Brüder ... Doch das Gesetz schützt alle Mädchen, auch die ohne Brüder ... Und die Polizeihaft ist gleich für alle! ...

Vielleicht war er ein Entarteter ... Ein Brocchi, der an »Sittenverderbtheit« litt ...

Der Spiegel, voller melancholischer Schatten, warf ihm das Leuchten seines Gesichtes zurück: Es war, wie ihm vorkam, das Gesicht eines schönen Jungen: wenn es nur nicht diesen Bartflaum gehabt hätte ...

»Oh! Elend des Lebens!« dachte er, während Jole, lachend, zuschaute, wie er verzweifelt umherging, als suche er vergeblich das Telefonbuch: »Soviel Böses und Schändliches, was man, in einer Welt, die den Namen verdient, vielleicht ganz einfach mit der Formel ausdrücken könnte: ›Brocchi, Luigi, neunzehn Jahre alt‹.«

»Graf?« »Ja, Graf: vielmehr junger Graf.« Und er vermeinte, sich selbst zu erblicken, in der Welt der richtigen Beleuchtung und der wahren Gedanken, wie er von der Barmherzigkeit Gottes ein präventives Verzeihen erflehte, um, endlich, ein Mann sein zu können.

Das Mädchen zögerte, lächelnd.

»... Aber die Frau Gräfin? ...« wagte es zu sagen, und blickte auf die Tür des Vorzimmers, als ob die hohe und schwarze Gestalt dort erscheinen könnte, starr, unbewegt.

»... Die Mama ist auf dem Land, heute ...«, sagte Gigi, neuen Mut schöpfend, und schaute sie fest an ...

»... In der Portiersloge war niemand ...«, fügte Jole hinzu, als wolle sie damit ihre Unkenntnis rechtfertigen. Doch erst später wurde Luigi die Tiefsinnigkeit dieser Bemerkung bewußt.

Und ihre Natur erbebte wie aus Freude und hingebungsvoller Kraft.

»... Ich habe Sie so oft gesehen, junger Herr ... in der Via Marco Polo ...«

Gigi sagte nichts; nur einen Augenblick lang setzten seine Lippen zum Sprechen an, aber er verzichtete darauf: er schien zu zittern: errötete: das Mädchen fand ihn hinreißend.

»…Wie oft hab ich Sie schon gesehen! … auch in der Via Vettor Pisani! … hab ich Sie gesehen, … vielmehr angeschaut … Und ich versuche auch immer, daß ich die Tür aufmachen kann, wenn Sie zum Onkel kommen … zum Herrn Grafen … aber Domenico hat Anweisung, daß er öffnen geht …«

»Ich, nun, auf der Straße … da hab ich versucht, Sie zu sehen … Ihnen zu begegnen, absichtlich … Ich mache absichtlich den ganzen Umweg, von der Via Flavio Gioia, Via Amerigo Vespucci, zur Via Cristoforo Colombo … Aber Sie …«, schloß sie in einem tragischen Tonfall, »kümmern sich nicht um mich, können sich nicht kümmern! … Ist auch richtig so …«

»…Wieso? …« sagte Gigi, noch mehr errötend: »Ich bin auch ein Mann …« Das war die Wahrheit, endlich sprach er mit den Worten der Wahrheit.

»Sie … Sie … sind noch ein Junge, junger Herr!« sagte leicht spöttisch die Schöne. »… aber ein wunderschöner Junge … Glauben Sie's nicht? …«

»Ich weiß nicht … ich habe nie darauf geachtet … aber Sie, Sie sind bestimmt viel hübscher als ich …«

Die außergewöhnliche, geradezu modernistische Neuheit dieser Worte hinderte die beiden jungen Leute nicht, sich einander – sich anblickend – zu nähern, gar zu berühren. Die Brüste Joles kamen, wie ein gewaltiges Versprechen, Gigis kantigem Thorax entgegen. Nun war jegliches mütterliche Veto dahin. Sein Arm, der verzweifelt hinter ihre Nieren geführt wurde, zwang die machtvolle Gestalt zu einem Bogen: die duftenden Arme der süßen Frau hoben sich, die Hände verschränkten sich hinter dem Nacken des jungen Herrn.

Es gibt, leider, in den Abhandlungen über die Pflichten keine ausreichend analytische Nomenklatur für den Katalog derartiger Regelwidrigkeiten: aber die neuen Unannehmlichkeiten, welche Jole dem Hause Brocchi nun bescheren mußte, blieben nicht auf so weniges begrenzt. Die endgültige Unannehmlichkeit kommt jetzt.

Glühende Küsse preßten sich auf den Mund des jungen Mannes, und die Finger des Mädchens stahlen sich wie zwei teuflische Kämme ins dichte Haar, verscheuchten daraus die

keuschesten Gedanken, drückten und herzten diesen Kopf.
Ihre Brüste boten sich dem männlichen Zugriff als wundervoll reale Dinge aus der Welt der guten Ratschläge.

»... Junger Herr, nein, nein ...«, sagte sie, »... nicht hier,
wir können hier nicht ...«

Gigi hielt sie mit dem linken Arm fest und schloß harsch
die Tür mit dem Schlüssel ab. Sie immer noch haltend,
schleppte er sie wie eine süße Beute dorthin, wo die Liebe
voller und wahrer sein konnte.

Francesco Guglielmino (Professor für griechische Literatur und Ver-
fasser von Liebesgedichten, den Vitaliano Brancati als »den vielleicht
einzigen romantischen Dichter der Mundartdichtung« bezeichnet)
stellte Giovanni Verga gegenüber in einem Gespräch über die Sizilia-
ner, sich selbst und Verga fest: »Wir sind Romantiker.« Worauf Verga
entgegnete: »Von wegen Romantiker, mein Sohn: wir sind *Balkonschwängerer.*« Ein, wie man sagen muß, prägnanter Ausdruck. Auch
Verga war ein »Balkonschwängerer« (man achte in seinen Briefen an
die Gräfin von Sordevolo einmal darauf, wie er sich bei jedem Annähe-
rungsversuch, den diese unternimmt, durchaus brüsk losmacht und
entfernt, um die Verhältnisse wieder auf den Abstand zwischen Straße
und Balkon zu bringen). Auch Guglielmino. Und auch Brancati: »Dieser Umstand, daß die Träume, die Gedanken, die Gespräche und
selbst das Blut in einem fort von der Frau erfüllt sind, bringt es mit
sich, daß ihrer Gegenwart dann niemand standzuhalten vermag.«
Niemand.   LEONARDO SCIASCIA

Ein Fleischergeselle in Pommern kaufte im Sommer neun-
zehnhundertsechsunddreißig von seinem Ersparten ein
Fahrrad und erbat sich von seinen Eltern die Erlaubnis, in
Berlin die Olympischen Spiele zu besuchen. Mit den Segens-
wünschen der Eltern und Geschwister versehen, erreichte
er nach zwei Tagen Berlin und nahm sein erstes Mittagsmahl
in einer jener Speisestätten ein, in denen der Gast zu einer
Erbsensuppe weiße Brötchen in beliebiger Menge und ohne
Aufschlag verzehren durfte. Während er, hungrig und beeindruckt vom Durcheinander des Lebens in der Haupt-
stadt, Suppe und Brötchen aß, wurde er von einer Frau beobachtet, die an dem jungen, kräftigen Burschen Gefallen
fand. Sie war Mitte Dreißig, also doppelt so alt wie der
Fleischergeselle, nach dem tödlichen Unfall ihres reichen
Mannes Besitzerin einer Villa in Dahlem, einer Segeljacht
und eines Grundstücks mit reizvollem Bootshaus. Die Dame
verstand es so einzurichten, daß von dem Fleischergesellen
aus Pommern eine kleine Hilfeleistung zu erbitten war, für
die sie ihm, als sie erfuhr, zu welchem Zwecke er nach Berlin
gekommen war, das Bootshaus als Quartier ohne Entgelt
anbieten konnte. So nahmen die Spiele für ihn einen uner-
wartet angenehmen Anfang, und da Neugier und Vergnügen nach den zwei Wochen noch immer nicht gestillt waren,
schrieb er seinen Eltern, er habe hier bei einem guten Mei-
ster eine sehr gute Stellung gefunden, die viel Geld ein-
bringe, und legte, um es zu beweisen, dem Briefe einen
Fünfzigmarkschein bei.

Er wohnte am See im Bootshaus, die Witwe lehrte ihn
das Segeln und die Geheimnisse des Schilfs und unterstützte
ihn mit für seine Vorstellung reichen Mitteln. Die Septem-
bertage waren warm, und der Fleischergeselle genoß den
Nachsommer mit seinen Schönheiten und ließ jenes Gefühl
die von Arbeit nicht abgelenkte Seele durchrinnen und
durchwärmen, das Abschied und Nachlust heißt, Stille
nach lautem Betrieb des Sommers, Alleinsein auf gestern
noch bevölkerten Seen und Plätzen, Abwind und Ernte. Er

beobachtete die allmählich sich verändernde Landschaft der Blätter und der Wolken, sah die ersten Drachen steigen und gedachte seines pommerschen Dorfes in der unbestimmten Erwartung eines Kommenden, weniger aus Trauer über das unwiederbringlich Entgleitende.

Als der Winter begann, zog er in ein möbliertes Zimmer, und als die Besuche der Witwe seltener wurden, verschaffte er sich, des regelmäßigen Salärs der Frau gewiß, neue und andere Vergnügen. Dabei geriet er zweimal auf die Liste polizeilicher Aufmerksamkeit, und als er im Frühjahr in eine undurchsichtige Sache verwickelt wurde, wies man ihn in eine Jugendhaftanstalt ein, aus der er nach zwei Jahren entlassen werden sollte.

Der Sommer verging bei Arbeiten, die schwer und mit Quälereien durch die Wärter verbunden waren. Als der Nachsommer kam, sah er zwischen den Handgriffen der Arbeit oft zu den wandernden Wolken des Himmels, nachts weinte er, halb im Traum, halb ohne Schlaf. Er dachte an die Segelfahrten und die Stunden im hohen Schilf, an die Mahagonihölzer der Kajüte, an sein Dorf in Pommern, die Eltern und die Gerüche der abgeernteten Felder. Eines Nachts fragte ihn ein Mitgefangener, ob er mit ihm fliehen und im Ausland untertauchen wolle. Er lehnte ab. Es kam der Winter, und als in den Tagen des Weihnachtsfestes der andere ihn zum zweitenmal fragte, sagte er wiederum nein. Dann kam das Frühjahr mit seinen den Verstand betörenden Gefühlen, aber der Fleischergeselle aus Pommern sagte zum drittenmal nein. Und es kam der Sommer. Und der Nachsommer begann. Und als eines Nachts die Träume zu wild und die Erinnerungen unerträglich wurden, gab er sein Einverständnis, und nächste Nacht schon stiegen die beiden über die Mauer. Es hatte ihm aber der andere nicht gesagt, daß er einen Revolver besaß, und der Fleischergeselle war bis ins Mark entsetzt, als ein Wärter, der die beiden entdeckt hatte und aufhalten wollte, tot, mit einer Kugel im Hals, auf die Steine fiel.

Der Fleischergeselle wurde zu acht Jahren Zuchthaus verurteilt, wobei strafmildernd zählte, daß er wegen guter Führung auf der Liste der vorzeitig zu Entlassenen gestanden hatte. Er verbrachte seine Zeit in den Zuchthäusern

Brandenburg, Waldheim und Halle, sechsmal kam ein Nachsommer über die Welt und schickte seine wärmende Sonne in die Zellen und Höfe der steinernen Särge und mit ihr die Erinnerung an Liebe, Schilf, Boot und Haus. In dieser Zeit sagte der Fleischergeselle aus Pommern oft, daß sterben besser sei, als die Wiederkehr dieser Tage immer und immer wieder durchleben zu müssen. So vergingen die Jahre.

Als sich der Krieg neunzehnhundertvierundvierzig seinem Ende näherte und jede Arbeitskraft gebraucht wurde, kommandierte man ihn im Zuchthaus zu Halle einer Kolonne zu, die auf dem Schlachthof arbeitete. Durch hilfsbereite Menschen und Bestechung stellte er die Verbindung zu der Frau in der Dahlemer Villa her, und das für unglaublich Gehaltene geschah, sie antwortete mit einem Brief, der von der Schuld sprach, die sie seit jenem olympischen Sommer fühlte, und von der Angst, daß am Ende des Krieges, welches mit jedem Tag dieses Sommers näher rückte, alle Zuchthausinsassen umgebracht werden könnten. Er solle fliehen, sie wolle ihn verstecken. Dies besprach er mit einem politischen Häftling, auf dessen Worte er viele Jahre gehört hatte. Der riet ihm davon ab, aber es waren jene Tage des Sommers, in denen sich der Nachsommer bereits ankündigt, die Wolken zogen am Abend schon durch ein anderes Licht, und anders kam der Morgen mit seinen Nebeln und Farben. Der Fleischergeselle aus Pommern verschaffte sich Zivilkleider und war zur vereinbarten Stunde am Bahnsteig des Hauptbahnhofs zu Halle. Dort suchte er die Frau viele Stunden, aber fand sie nicht. Einmal faßte er den Entschluß, in einen Zug nach Berlin zu steigen, doch als der Zug sich in Bewegung setzte, sprang er wieder ab. Als es Abend wurde, überfiel ihn Angst, er fühlte sich beobachtet und entdeckt und meldete sich einem Feldgendarmen. Man bestrafte ihn mit dreißig Tagen verschärftem Dunkelarrest.

Mitte September führte man ihn aus der Dunkelzelle. Drei Tage saß er stumm an eine Wand gelehnt in der Sonne. Es war die Zeit der letzten warmen Tage vor der Kühle des Herbstes. Am Nachmittag des dritten Tages erzählte er seinem Mitgefangenen sein Leben, wer seine Eltern waren, wie er Fleischer geworden war und auf das Fahrrad gespart hatte, mit dem er nach Berlin fuhr, um die Olympischen Spiele zu sehen. Das Sprechen wurde ihm immer schwerer, und als er geendet hatte, legte er sich auf die Steine des Gefängnishofes. So starb er.

Nach dem Krieg besuchte der Mitgefangene die Eltern des Fleischergesellen und auch die Frau in Berlin. Er fragte sie, warum sie nicht gekommen sei. Sie sagte, sie sei an jenem Tag auf dem Bahnhof in Halle gewesen und habe viele Stunden auf den Fleischergesellen gewartet. Sie hatten einander nicht mehr erkannt.

Im Winter

Die Schwellen sind grauweiß umrandet,
vor sommerlich offener Tür,
der Wald steht in Grün noch gewandet
und dennoch: du fandst nicht zu mir.

Ich seh wie der Eiswind da draußen
dich frieren macht, einhüllt in Schnee.
Die Zeit hat geändert ihr Aussehn,
auch deines und meins – ich versteh...

Du schienst dich im Sturm zu verlieren
und riefst aus der Ferne durchs Wehn,
dein Augenpaar konnte ich spüren,
obgleich es im Tuch kaum zu sehn.

Du wolltest mich niemals vertreiben.
Ob ich dich wohl kränkte? Mag sein...
Vielleicht auch der Frost an den Scheiben.
Ich sitze im Zimmer allein.

Die tosenden Winde verschlangen
den Weg – oder deine Geduld.
Du konntest nicht zu mir gelangen.
Daran trägt der Winter die Schuld...

ITZIK FEFER

Stephanie war von Beginn an sehr eifersüchtig gewesen
(grundlos zunächst, wie Kirsch es sah) und hatte zu Dramen
geneigt, plötzlichen Auftritten, überraschenden Abgängen,
immer wieder war sie plötzlich verschwunden, aus dem jeweiligen Lokal, der jeweiligen Wohnung gelaufen, und der
um einige Jahre jüngere Kirsch hatte sie suchen, mit ihr reden, ihre Bedenken entkräften, auf sie einreden müssen, um
dann wieder ausgiebig Versöhnung zu feiern. So beschwer-
lich und gegenüber Dritten oft auch peinlich das für Kirsch
gewesen war (nichtige oder mißverständliche Anlässe), so
hatte andrerseits all das in Kirsch bald ein Gefühl der Über-
legenheit, Souveränität, ja eine Selbsteinschätzung begrün-
det, die behauptete, Eifersucht überhaupt nicht zu kennen – Eifersucht, lächerliches Besitzrecht dummer Leute,
eine Krankheit im Grunde. (Einmal, ein Gespräch auf einer
Wiese, im hohen Gras, im hellen Mittagslicht, hatte Stephanie plötzlich gefragt, ob Kirsch sich vorstellen könne, mit
einer anderen Frau zu schlafen, und Kirsch hatte mit ja
geantwortet, Stephanie auf die Gegenfrage mit nein – aber
das sei »ab nun ohnehin gleichgültig«. Danach hatten sie
heftig gestritten: Stephanie hatte behauptet, wenn Kirsch
sich das vorstellen könne, dann wünsche er das auch, und
er solle es bloß schleunigst tun; Kirsch hatte ihr erbost
entgegengehalten, wenn sie behaupte, es sich nur mit ihm
vorstellen zu können, dann lüge sie entweder oder etwas
stimme nicht mit ihr!)
Nach vielleicht sieben Monaten Zusammenleben, die
Kirsch aber betrachtete, als wären es sieben Jahre gewesen,
begann er immer häufiger darauf zu dringen, die Beziehung
nun endlich zu überdenken, zu analysieren, zu beider Vorteil zu verändern – bald forderte er es laut und empört, bald
schlug er es leise und listig vor, bis schließlich die Erörterung
jedweden Problems in dieses Thema mündete. Das kapita-
listische Gesellschaftssystem könne nur aufrechterhalten
werden durch Monogamie, Zweierbeziehung, Kleinfamilie;
jede Unterdrückung sei im Grunde Triebunterdrückung, ja

Unterdrückung überhaupt durch Triebunterdrückung erst möglich. Wenn zwei Menschen lange, zu lange, zusammenlebten, ausschließlich, was passierte denn? Irgendwann gerieten sie so sehr in Abhängigkeit voneinander, daß man sie – das Paradoxon des falschen Bewußtseins, der Gewohnheiten, der liebgewordenen Sklaverei – zu ihrer Befreiung zwingen müßte! Wie sogar Freud zugebe, sei eine ausschließliche Beziehung sexuell nur drei bis fünf Jahre befriedigend, auch der hervorragende Satz »Libido ist ebenso labil wie klebrig« treffe den Sachverhalt sehr genau; auch Reich schreibe in manchen Schriften sehr einprägsam, daß man in anderen Bereichen wohl auch niemandem zumuten werde, jeden Tag Schnitzel zu essen oder denselben Anzug zu tragen. (Mit dem Schnitzel aber war er schön angekommen! Ich lasse mich nicht mit einem Schnitzel vergleichen, hatte Stephanie, bleich im Gesicht vor Zorn, gerufen, und ich bin schon gar nicht dein Anzug!) Jedenfalls könne ein, um dieses mißliche Wort zu gebrauchen, *Partner* niemals alle Wünsche und Bedürfnisse des anderen erfüllen; in diesen nicht abgedeckten psychischen Bereichen entstehe frei flottierende Libido, die sodann in Angst umschlage oder nur im neurotischen Symptom gebunden werden könne. Auch Sympathie sei ja schließlich eine Form libidinöser, fast schon sexueller Zuneigung; wenn also Stephanie zum Beispiel jemanden sympathisch finde, erklärte Kirsch, sei das nicht sehr viel anders, als wenn *er* mit einer anderen Frau zu schlafen begehrte. Wenn Stephanie unwillig unterbrach und sich erkundigte, was er –, worauf er denn eigentlich hinauswolle, ob es eine bestimmte Frau sei, mit der er zu ficken beabsichtigte, antwortete Kirsch, es seien nur theoretische, grundsätzliche Erörterungen, er wolle ja nichts überstürzen, wenn sie selbst von den Vorzügen dieser neuen, zukünftigen Lebensweise, der *Kommune*, überzeugt sei, werde sich alles von selbst ergeben. Obwohl, natürlich: auch wenn nur ein Teil den Schritt wage, sei es für beide von Vorteil, weil der andere Teil mit dem einen sich identifizieren könne.

Außerdem, die Kinder! Sollten sie genauso aufwachsen, wie ihre Eltern herangezogen wurden, in dieser Enge und Einöde von Vater-Mutter-Kind? Nein, eben. Viele Mütter und viele Väter, auch Freud betone, wie förderlich viele

Bezugspersonen der Entwicklung eines Kindes wären. Daher: Revolutionierung auch des Privatlebens, Aufhebung des gegenseitigen Besitzrechtes! Kollektiv, Geborgenheit in der Gruppe, Promiskuität – aber so sehr er Stephanie beredete, bedrängte, ihr ein Loch in den Bauch redete, er stieß auf Ablehnung: Warum solle sie, erklärte Stephanie, wo sie Kirsch so mochte, mit jemand anderem schlafen? Sie habe schon Männer genug gehabt, aber so wie mit Kirsch sei es noch mit keinem gewesen, warum also? Als Gruppe leben, durchaus, und nebeneinander, wenn es sich irgendwann ergebe, vielleicht, aber durcheinandervögeln, nein, wozu? Oder willst du alles kaputtmachen?

Später, unter dem Druck plötzlich hereingebrochener Ereignisse, war Kirsch gezwungen, verschiedene Auffassungen und Einschätzungen zu ändern, und wie! Stephanie hatte sich Hals über Kopf in einen zu Besuch weilenden Bekannten verliebt und war, dessen inne geworden, ihm einen Tag nach seiner Abreise nachgefahren (eine Anziehung, so stark, daß sie sich ihr nicht widersetzen könne) und eine Woche ausgeblieben; ein Monate währendes Dreiecksverhältnis war entstanden.

Kirsch, gefangen in seinen »Theorien« vom Ausleben der Bedürfnisse, seinen Behauptungen, Eifersucht nicht zu kennen (nun hatte er Gelegenheit, sie kennenzulernen, obwohl er die eingetretene Entwicklung ja freudig hätte begrüßen müssen), mußte seine Niederlage – *Niederlage! Sieg! Krieg! Kampf!* –, die beschämende Niederlage eines Angebers überdies, einbekennen. Aber was tun? Wenn er seiner Eifersucht, dieser neuen Erfahrung, zu der bis jetzt lediglich kein Anlaß bestanden hatte, zu sehr nachgab, würde er für die Zukunft alles verderben; auch in der größten Bestürzung stellte er noch Berechnungen an, den Einbruch sah er auch als späteres *Guthaben*, sollte er einmal – wann endlich? – in eine solche Situation geraten. Also versuchte er sich einerseits zu beherrschen (was ist denn schon passiert, was darf das einem alten Feind der Monogamie ausmachen? Kirsch! Oder solltest du besser Hirsch heißen?) und *tolerant* zu sein (Ja, du duldest es, aber du bejahst es nicht!, rief Stephanie manchmal), andererseits konnte er nicht alles, ohne Schaden zu nehmen, hinunterschlucken. Einmal wöchentlich zumindest mußte er sich entlasten, was sich in Anfällen äußerte, womit er sich aber erst recht schadete. Er schrie und tobte herum, erhob Anschuldigungen, Vorwürfe, daß es so auch wieder nicht gemeint gewesen wäre mit der Freiheit, von einem Dreieck sei überhaupt nie die Rede gewesen, oder sei jemals von einem Dreieck die Rede gewesen, Promiskuität, schon, aber Dreieck, nein, überhaupt seien solche Beziehungen zu anderen nur sinnvoll und befriedigend, wenn sie synchron sich entwickelten, also kein Dreieck, sondern ein Viereck, wenn schon. – Stephanie erklärte zu solchen Wutausbrüchen, daß er, Kirsch, sie damit nur »in die Ecke« des anderen treibe; gerade habe er sie für sich eingenommen, und jetzt spinne er schon wieder!

Sein Spruch, früher: Libido ist ebenso labil wie klebrig. Nachschmeißen werde sie ihm diesen Satz. Wie ein Saugnapf sei er, wahrhaft wie eine klebrige Flüssigkeit, aus- und aufgesaugt habe er sie, und damit sei nun Schluß. Er solle sich woanders ankleben, und, so klebend, den labilen Teil, die Auswahl genießen. Diese Markenware oder jene?

Ein Blutegel sei er gewesen.

Sie werde nun lange Zeit überhaupt mit niemandem schlafen, keine klebrige Libido und keine labile, sie werde sich auf sich besinnen, sich neu zurechtfinden. Die Kinder werde sie weiter versorgen, aber sonst. – Die Einsamkeit, die härteste Unbill eines solchen Schritts, alles nehme sie in Kauf.

Dann krepier doch an deiner selbstgewählten heroischen Einsamkeit!, hatte Kirsch gerufen, ich kann nicht allein sein! – Lieber in Freiheit krepieren, als in dieser bequemen Gefangenschaft älter werden, hatte Stephanie erwidert.

nachts sind alle frauen katz   GÜNTER BRUNO FUCHS

Ihm ist immer heiß, mir immer kalt. Im Sommer, wenn es wirklich heiß ist, klagt er unaufhörlich über die große Hitze und empört sich, wenn er sieht, daß ich abends ein wollenes Jäckchen anziehe.

Er beherrscht mehrere Sprachen; ich spreche keine gut. Er kann sich auf seine Weise auch in den Sprachen ausdrük-ken, die er nicht kennt.

Er hat einen ausgezeichneten Orientierungssinn, ich nicht. Nach einem Tag bewegt er sich in einer fremden Stadt so leicht wie ein Schmetterling. Ich verirre mich in meiner eigenen Stadt und muß nach dem Weg fragen, um nach Hause zu finden. Er haßt es, nach dem Weg zu fragen, und wenn wir im Auto durch fremde Städte fahren, befiehlt er mir, den Stadtplan zu studieren. Ich finde mich aber auf Stadtplänen nie zurecht; die vielen roten Punkte verwirren mich, und er wird wütend.

Er liebt das Theater, die Malerei und die Musik, vor al-lem die Musik. Ich verstehe nichts von Musik, kümmere mich wenig um die Malerei und langweile mich im Theater. Ich liebe und verstehe nur etwas auf der Welt: die Dichtung.

Er liebt die Museen, und ich muß mich anstrengen hin-zugehen und habe dabei das Gefühl einer unangenehmen Pflicht. Er liebt die Bibliotheken, und ich hasse sie.

Er liebt Reisen, fremde und unbekannte Städte und Re-staurants. Ich würde immer zu Hause bleiben und keinen Schritt tun.

Ich begleite ihn aber auf vielen Reisen. Ich begleite ihn in die Museen, Kirchen und in die Oper. Ich begleite ihn auch in Konzerte und schlafe dort ein.

Da er Orchesterdirigenten und Sänger kennt, gefällt es ihm, ihnen nach der Vorstellung zu gratulieren. Ich folge ihm durch die langen Gänge, die zu den Garderoben der Sänger führen, und höre zu, wie er mit Leuten spricht, die als Kardinal oder König gekleidet sind.

Er ist nicht schüchtern, und ich bin schüchtern. Manch-mal aber habe ich auch ihn schüchtern gesehen. Wenn Polizisten, mit Notizblock und Bleistift bewaffnet, sich unserem Wagen nähern. Ihnen gegenüber ist er schüchtern, weil er sich im Unrecht fühlt.

Und auch wenn er sich nicht im Unrecht fühlt. Ich glaube, er hat Respekt vor der staatlichen Autorität.

Ich fürchte die staatliche Autorität; er nicht. Er hat Respekt vor ihr. Das ist etwas anderes. Wenn ich einen Polizisten mit einem Strafzettel kommen sehe, denke ich sogleich, er wolle mich verhaften. Er denkt nicht an eine Verhaftung, aber er wird aus Respekt schüchtern und freundlich.

Darüber, über seinen Respekt vor der staatlichen Autorität, stritten wir uns zur Zeit des Montesi-Prozesses bis zur Raserei.

Er ißt gern Nudeln und Lammbraten und trinkt gern Rotwein. Ich esse gern Brotsuppe, Omelette und Gemüse.

Er pflegt zu sagen, daß ich vom Essen nichts verstehe und einem robusten Mönch gleiche, der im Schatten des Klosters seine Gemüsesuppe verschlingt; er aber ist ein Feinschmecker mit einem empfindlichen Gaumen. Im Restaurant erkundigt er sich ausführlich nach den Weinen; er läßt sich zwei oder drei Flaschen bringen und betrachtet sie nachdenklich, indem er langsam seinen Bart streichelt.

In England gibt es Restaurants, wo die Kellner eine kleine Zeremonie zelebrieren: sie gießen dem Gast einen Schluck Wein ins Glas, damit er prüfen kann, ob der Wein nach seinem Geschmack ist. Er haßte diese Zeremonie und hinderte den Kellner jedesmal daran, indem er ihm die Flasche aus der Hand nahm. Ich machte ihm Vorwürfe, indem ich ihm sagte, man sollte es jedermann gestatten, seine Pflichten zu erfüllen. So will er auch im Kino nie, daß die Platzanweiserin ihn zu seinem Platz begleite. Er gibt ihr sogleich das Trinkgeld und flieht dann auf Plätze, die weit von denen entfernt sind, die ihm die Angestellte mit der Taschenlampe gezeigt hat.

Im Kino will er ganz nahe vor der Leinwand sitzen. Wenn wir mit Freunden sind und diese, wie die meisten Leute, einen von der Leinwand fernen Platz suchen, so geht er allein auf seinen Platz in einer der ersten Reihen. Ich sehe aus der Nähe und aus der Ferne gleich gut; da ich aber mit Freunden zusammen bin, bleibe ich aus Höflichkeit bei ihnen, bin aber unglücklich, weil es möglich ist, daß er auf seinem Platz, zwei Handbreit vor der Leinwand, beleidigt ist, daß ich mich nicht neben ihn gesetzt habe.

Wir gehen beide gern ins Kino und sind bereit, zu irgendeiner Tagesstunde irgendeinen Film anzusehen. Er aber kennt die Geschichte des Films bis in die kleinsten Einzelheiten, erinnert sich an alle Regisseure und Schauspieler, auch an solche, die schon lange vergessen und verschwunden sind, und er ist bereit, Kilometer zurückzulegen, um in den entferntesten Vorstadtkinos uralte Stummfilme zu sehen, in denen, wenn auch nur für Sekunden, ein Schauspieler auftritt, der ihm aus frühester Kindheitserinnerung lieb ist. Ich erinnere mich noch an einen Sonntagnachmittag in London. In einer weit entfernten Vorstadt an der Grenze zum Land wurde ein Film über die Französische Revolution gegeben, ein Film aus dem Jahr 1930, den er als Kind gesehen hatte und in dem für ein paar Augenblicke eine berühmte Schauspielerin jener Zeit auftrat. Im Wagen gingen wir auf die Suche nach der weit entfernten Straße; es regnete, es war neblig, und wir fuhren Stunden und Stunden durch immer gleiche Vorstädte, zwischen grauen Reihen von kleinen Häusern, Dachrinnen und Straßenlaternen; ich hatte den Stadtplan auf den Knien, und es gelang mir nicht, ihn zu lesen, und er wurde zornig; endlich fanden wir das Kino und setzten uns in den leeren Saal. Aber nach einer Viertelstunde, gleich nach dem Auftritt der Schauspielerin, auf die es ihm ankam, wollte er schon wieder weggehen; ich aber wollte nach einem so weiten Weg wenigstens sehen, wie der Film aufhörte. Ich weiß nicht mehr, ob er seinen oder ich meinen Willen durchsetzte; wahrscheinlich gingen wir nach einer Viertelstunde, schon weil es spät und schon Zeit zum Abendbrot war, obwohl wir am frühen Nachmittag aufgebrochen waren. Aber ich bat ihn, mir zu erzählen, wie die Geschichte weiterging, erhielt aber keine befriedigende Antwort; denn er sagte, die Geschichte sei ganz unwichtig; das einzige, was zählte, waren jene wenigen Augenblicke, das Profil, die Geste, die Locken jener Schauspielerin.

Ich erinnere mich nie an die Namen der Schauspieler, und da ich keinen Blick für Physiognomien habe, erkenne ich manchmal auch die berühmtesten nur mit Schwierigkeit.

Das ärgert ihn sehr, und wenn ich ihn frage, wie dieser oder jener heißt, ruft er voll Verachtung: »Du willst doch nicht sagen, daß du William Holden nicht erkannt hast!«

Ich habe William Holden tatsächlich nicht erkannt. Und doch gehe ich gern ins Kino; aber ich habe mir in den vielen Jahren, seit ich hingehe, keine Kenntnisse erworben. Er jedoch ist in allen Dingen, die seine Neugierde anzogen, ein Kenner geworden. Ich bin in nichts Kenner, nicht einmal in den Dingen, die ich am meisten im Leben liebte: sie blieben in mir als verstreute Bilder und nährten mein Leben mit Erinnerungen und Empfindungen, aber den wüstenähnlichen Zustand meiner Bildung verwandelten sie nicht.

Er sagt, mir fehle das Interesse: aber das stimmt nicht. Ich interessiere mich für wenige, sehr wenige Dinge, und wenn ich sie einmal kenne, so bewahre ich von ihnen ein paar vereinzelte Bilder, die Kadenz eines Satzes oder eines Wortes im Gedächtnis. Meine Welt, in der solche Kadenzen und Bilder auftauchen – voneinander getrennt und doch verbunden durch mir selber unsichtbare Fäden –, ist öde und melancholisch. Seine Welt dagegen ist üppig groß, reich bevölkert und bepflanzt, eine fruchtbare und wohl bewässerte Landschaft, wo es Wälder, Weiden, Baumgärten und Dörfer gibt.

Für mich ist jede Tätigkeit sehr schwierig, anstrengend und ungewiß. Ich bin sehr faul, und es ist für mich absolut notwendig, lange Stunden müßig auf Sofas herumzuliegen, wenn ich etwas fertigbringen will. Er ist nie müßig, er tut immer etwas; er schreibt sehr rasch auf der Maschine mit angedrehtem Radio, und wenn er nachmittags ausruht, so hat er zu korrigierende Druckbogen oder ein Buch voller Notizen bei sich; er will, daß wir am gleichen Tag ins Kino, dann an einem Empfang teilnehmen und schließlich ins Theater gehen. Er bringt es fertig, an einem Tag tausend verschiedene Dinge zu erledigen und die verschiedensten Leute zu treffen, und wenn ich allein bin und versuche, es zu machen wie er, komme ich nirgends hin, weil ich dort, wo ich eine halbe Stunde bleiben wollte, den ganzen Nachmittag hängenbleibe oder weil ich mich verirre und die Straßen nicht finde oder weil die langweiligste Person, die ich am wenigsten sehen mochte, mich an den Ort schleppt, wo ich am wenigsten hinzugehen wünschte. Wenn ich ihm erzähle, wie einer meiner Nachmittage verlaufen ist, so findet er diesen Nachmittag ganz verfehlt und ärgert sich, macht sich lustig über mich und sagt, daß ich ohne ihn zu nichts zu gebrauchen bin. Ich kann die Zeit nicht einteilen. Er kann es.

Ihm macht es Spaß, zu Empfängen zu gehen. Er geht im hellen Anzug, wenn alle dunkel gekleidet sind; es käme ihm nie in den Sinn, sich für einen Empfang umzuziehen. Er geht auch in seinem alten Regenmantel und in einem zerbeulten Hut, den er in London gekauft hat und den er tief in die Stirn drückt. Manchmal bleibt er nur eine halbe Stunde, weil es ihm Spaß macht, mit einem Glas in der Hand zu plaudern. Er ißt viele Kekse, ich fast keine, weil ich sehe, wie viel er ißt, und dann aus Anstand und Zurückhaltung wenigstens selber nichts esse. Nach einer halben Stunde, wenn ich mich ein bißchen eingewöhnt habe und mich wohlzufühlen beginne, wird er ungeduldig und schleppt mich mit sich weg.

Ich kann nicht tanzen; er kann tanzen.

Ich kann nicht maschineschreiben. Er kann es.

Ich kann nicht Auto fahren. Wenn man ihm vorschlägt, er solle auch mich die Fahrprüfung machen lassen, ist er nicht einverstanden. Er sagt, ich würde sie ja doch nie bestehen. Ich glaube, er ist zufrieden, daß ich in mancher Hinsicht von ihm abhängig bin.

Ich kann nicht singen; er kann singen. Er hat einen Bariton. Wenn er Gesangstunden genommen hätte, wäre er heute vielleicht ein berühmter Sänger.

Wenn er Musik studiert hätte, wäre er vielleicht Dirigent geworden. Wenn er Schallplatten hört, dirigiert er das Orchester mit einem Bleistift. Dazwischen schreibt er auf der Maschine und nimmt das Telefon ab. Er ist ein Mann, dem es gelingt, viele Dinge im selben Augenblick zu tun.

Er ist Professor, und ich glaube, er ist tüchtig.

Er hätte viele Berufe ausüben können. Aber er trauert den Berufen, die er nicht ausüben kann, nicht nach. Ich hätte nur einen einzigen Beruf haben können: den Beruf, den ich wählte und seit meiner Kindheit ausübe.

Ich schreibe Erzählungen und arbeitete während vieler Jahre in einem Verlag.

Ich arbeite nicht schlecht, aber auch nicht besonders gut. Ich legte mir oft Rechenschaft darüber ab, daß ich an keinem andern Ort hätte arbeiten können. Ich hatte mit meinen Arbeitskollegen und mit meinem Chef ein freundschaftliches Verhältnis. Ich fühlte, daß ich ohne dieses nicht hätte arbeiten können.

Ich trug mich lange mit dem Gedanken, einmal ein Filmdrehbuch zu schreiben. Ich hatte aber nie Gelegenheit dazu, oder es gelang mir nicht, die Gelegenheit zu finden. Jetzt habe ich die Hoffnung verloren, je ein Drehbuch zu schreiben. Er hat einmal an Drehbüchern mitgearbeitet, als er noch jung war. Er hat auch einmal in einem Verlag gearbeitet. Er hat Erzählungen geschrieben. Er hat alle Dinge gemacht, die ich machte, und viele andere dazu.

Er kann die Leute gut nachahmen, vor allem eine alte Gräfin. Vielleicht wäre er auch ein guter Schauspieler geworden. In London sang er einmal in einem Theater. Er war Hiob. Er hatte einen Frack leihen müssen und stand im Frack vor einer Art Notenständer und sang. Er sang die Worte Hiobs; es war etwas zwischen Sprechen und Singen. Ich starb fast vor Angst in meiner Loge. Ich hatte Angst, er würde steckenbleiben oder die Frackhose verlieren.

Er war umgeben von Herren im Frack und Damen im Abendkleid, die Engel und Teufel und die anderen Figuren von Hiobs Geschichte darstellten.

Es war ein großer Erfolg, und alle sagten ihm, er habe seine Sache ausgezeichnet gemacht.

Wenn ich die Musik lieben gelernt hätte, dann mit Leidenschaft. Ich verstehe sie aber nicht, und wenn ich ihn zu Konzerten begleiten muß, so lenken mich meine eigenen Gedanken bald von der Musik ab. Manchmal schlafe ich auch ein.

Ich singe gern. Ich kann nicht singen, weil ich kein Musikgehör habe; manchmal singe ich, aber ganz leise, wenn ich allein bin. Ich weiß, daß ich falsch singe, weil die anderen es mir gesagt haben; meine Stimme muß wie das Miauen einer Katze klingen. Ich selber merke es nicht und habe große Freude am Singen. Wenn er mich hört, ahmt er mich nach und sagt, mein Singen habe nichts mit Musik zu tun und sei etwas von mir Erfundenes.

Als Kind summte ich musikalische Motive vor mich hin, die ich selbst erfunden hatte. Es war eine klägliche Melodie, bei der mir die Tränen in die Augen traten.

Es ist mir nicht so wichtig, daß ich die Malerei und die bildenden Künste nicht verstehe; aber ich leide darunter, daß ich die Musik nicht lieben kann, und ich glaube, daß mein Leben ärmer ist, weil mir diese Liebe fehlt. Aber da läßt sich nichts machen; ich werde die Musik nie verstehen und nie lieben. Wenn ich zuweilen Musik höre, die mir gefällt, kann ich mich schon bald nicht mehr an sie erinnern, und wie könnte ich etwas lieben, das ich nicht im Gedächtnis bewahren kann? Ich kann mich an die Worte eines Liedes erinnern. Ich kann die Worte, die ich liebe, unendlich oft wiederholen. Ich kann auch die Melodie, die sie begleitet, auf meine Art miauend wiederholen und dabei eine Art Glückseligkeit empfinden. Mir scheint, daß ich beim Schreiben einer musikalischen Kadenz folge. Vielleicht ist die Musik meiner Welt sehr nahe, nur bleibt sie mir aus irgendeinem Grund verschlossen.

Bei uns zu Hause hört man den ganzen Tag Musik. Er hat das Radio den ganzen Tag angedreht. Oder er legt Platten auf. Ich protestiere hie und da und verlange ein wenig Ruhe, damit ich arbeiten kann; er sagt aber, daß die Musik so schön ist, daß sie jeder Arbeit nützt.

Er hat auch eine unglaubliche Zahl von Schallplatten gekauft. Er besitzt, sagt er, eine der schönsten Diskotheken der Welt. Morgens stellt er im Bademantel, noch vor Wasser tropfend, das Radio an, setzt sich an die Schreibmaschine und beginnt seinen arbeitsreichen, stürmischen und lärmenden Tag. Er ist in allem temperamentvoll: er füllt die Badewanne, die Teekanne und die Tassen, bis sie überlaufen; er hat eine übermäßig große Zahl von Hemden und Krawatten. Schuhe dagegen kauft er selten.

Als Kind war er, sagt seine Mutter, ein Muster an Ordentlichkeit und Genauigkeit, und als er an einem Regentage auf dem Lande einmal mit weißen Stiefelchen und weißen Kleidern durch schlammige Pfützen gehen mußte, war er am Ende des Spazierganges noch genauso weiß wie am Anfang und hatte keinen einzigen Fleck auf Stiefelchen und Kleid. Heute erinnert nichts mehr an ihm an jenes fleckenlose, ordentliche Kind. Seine Kleider sind immer voll Flecken. Er ist sehr unordentlich geworden.

Er bewahrt jedoch mit äußerster Genauigkeit alle Gasrechnungen auf. Manchmal finde ich in Schubladen uralte Gasrechnungen von Wohnungen, die wir seit langem verlassen haben, und er weigert sich, sie wegzuwerfen.

Ich finde auch uralte, vertrocknete Toscani-Zigarren und Mundstücke aus Kirschenholz.

Ich rauche lange Stop-Zigaretten, ohne Filter. Er manchmal diese Toscani-Zigarren.

Ich bin sehr unordentlich. Seit ich älter geworden bin, sehne ich mich jedoch nach Ordnung und räume manchmal mit großem Eifer Schränke neu ein. Ich erinnere mich dabei, glaube ich, an meine Mutter. Ich räume Wäsche und Wolldecken in die Schränke und decke im Sommer jede Schublade mit weißen Tüchern zu. In meinen Papieren dagegen mache ich nur selten Ordnung, weil meine Mutter nicht schrieb und deshalb keine Papiere hatte. Meine Ordnung und meine Unordnung sind voll von Kummer, schlechtem Gewissen und bedenklichen Gefühlen. Seine Unordnung dagegen hat etwas Triumphales. Er hat entschieden, daß für einen Menschen, der wie er studiert, ein unordentlicher Schreibtisch legitim und richtig ist.

Er hilft mir auch nicht, die Unentschlossenheit, Unsicherheit und Schuldgefühle, die ich bei jeder Handlung habe, zu überwinden. Er pflegt über alles, was ich mache, zu lachen und zu spotten. Wenn ich auf den Markt einkaufen gehe, so folgt er mir manchmal und beobachtet mich. Nachher macht er sich lustig über die Art, wie ich einkaufte, über die Art, wie ich die Apfelsinen in der Hand wog, um dann, wie er sagt, ausgerechnet die schlechtesten vom ganzen Markt zu kaufen; er spottet, weil ich eine ganze Stunde brauchte, um meine Einkäufe zu erledigen, weil ich bei einem Stand Zwiebeln, beim andern Sellerie und beim dritten Früchte kaufte. Manchmal kauft er ein, um mir zu zeigen, wie man es viel schneller machen kann: er kauft alles an einem Stand, ohne das kleinste Zögern, und es gelingt ihm sogar, sich die Ware nach Hause schicken zu lassen. Sellerie kauft er nicht, weil er sie nicht leiden kann.

So habe ich immer das Gefühl, alles falsch zu machen.

Wenn ich aber entdecke, daß er etwas falsch gemacht hat, so halte ich ihm das bis zur Verzweiflung vor. Denn ich bin manchmal unausstehlich.

Seine Zornausbrüche kommen plötzlich, sie schäumen über wie Bier. Auch meine Zornausbrüche kommen plötzlich. Seine lösen sich aber sogleich in nichts auf, während meine eine klägliche und hartnäckige Mißstimmung hinterlassen, die sehr unangenehm ist, wie ein bitterer Katzenjammer.

Ich weine manchmal im Wirbel seines Zorns, und mein Weinen macht ihn nicht mitleidig oder besänftigt ihn nicht, sondern macht ihn noch viel wütender. Er sagt, mein Weinen sei nur eine Komödie, und vielleicht hat er recht. Denn ich bin inmitten meiner Tränen und seines Zorns im Innersten ganz ruhig. Wenn mich etwas wirklich schmerzt, weine ich nicht. Früher warf ich in meinem Zorn Teller und Platten auf den Boden. Jetzt nicht mehr. Vielleicht, weil ich älter geworden bin und mein Zorn nicht mehr so heftig ist; und dann würde es mir heute auch leid tun um unser Geschirr, das ich gern habe und das wir eines Tages in London an der Portobello Road kauften.

Der Preis dieses Geschirrs und vieler anderer Dinge, die wir kauften, ist in seiner Erinnerung stark gesunken. Denn er denkt gern, er habe wenig ausgegeben und ein gutes Geschäft gemacht. Ich weiß, daß dieses Service sechzehn Pfund kostete, aber er behauptet zwölf. So auch das Bild von König Lear in unserem Eßzimmer, das er ebenfalls in Portobello kaufte und mit Zwiebeln und Kartoffeln reinigte; heute nennt er dafür eine Kaufsumme, die ich als viel höher in Erinnerung habe.

Er hat vor Jahren in einem Kaufhaus zwölf Bettvorleger gekauft. Er kaufte sie, weil sie wenig kosteten und es ihm darum richtig erschien, einen Vorrat anzulegen; er kaufte sie auch in polemischer Absicht, weil er fand, ich sei nicht fähig, etwas für den Haushalt anzuschaffen. Diese Bettvorleger aus braunrotem Strohgeflecht waren in kurzer Zeit abgenutzt, hart und rauh, und ich haßte sie, wenn ich sie am Draht des Küchenbalkons aufgehängt sah. Ich pflegte sie ihm als Beispiel eines schlechten Einkaufs vorzuhalten; er sagte aber, sie hätten wenig, sehr wenig, fast nichts gekostet.

Es brauchte lange Zeit, bis es mir gelang, sie wegzuwerfen: es waren so viele, und im Augenblick, da ich sie wegwerfen wollte, kam mir der Gedanke, sie könnten vielleicht noch als Scheuerlappen verwendet werden. Wir haben beide, er und ich, eine gewisse Mühe, gebrauchte Dinge wegzuwerfen: bei mir muß das eine Art jüdischer Bewahrungstrieb und das Ergebnis meiner Unentschlossenheit sein, bei ihm ein Schutz gegen seine Impulsivität und seine Unfähigkeit zu sparen.

Er pflegt Aspirin und Bikarbonat in großen Mengen einzukaufen.

Er erkrankt manchmal an geheimnisvollen Krankheiten; er kann nicht erklären, was ihm fehlt; er liegt den ganzen Tag in seine Leintücher gehüllt im Bett; man sieht nur seinen Bart und seine rote Nasenspitze. Dann nimmt er Bikarbonat und Aspirin in Dosen für ein Pferd und sagt, ich könne ihn nicht verstehen, weil ich immer gesund bin wie einer dieser robusten Mönche, die sich gefahrlos Wind und Unwetter aussetzen; er dagegen ist empfindlich und zart und leidet an geheimnisvollen Krankheiten. Abends ist er dann wieder gesund und geht in die Küche, um sich Nudeln zu kochen.

Als junger Mann war er schön, mager und zerbrechlich und hatte noch keinen Bart, aber einen langen und weichen Schnurrbart, und glich dem Schauspieler Robert Donat. So war er vor zwanzig Jahren, als ich ihn kennenlernte. Er trug, wie ich mich erinnere, elegante schottische Hemden aus Flanell. Er begleitete mich eines Abends zur Pension, wo ich damals wohnte, wir gingen miteinander die Via Nazionale hinunter. Ich fühlte mich schon sehr alt und beladen mit Erfahrungen und Irrtümern, und er schien mir noch ein Junge, von dem mich tausend Jahre trennten. Was wir uns an jenem Abend auf der Via Nazionale sagten, ich kann mich nicht mehr daran erinnern; nichts Wichtiges, nehme ich an; der Gedanke, daß wir eines Tages verheiratet sein würden, war viele Jahrhunderte von mir entfernt. Dann verloren wir uns aus den Augen, und als wir uns wieder begegneten, glich er nicht mehr Robert Donat, sondern eher Balzac. Er trug immer noch schottische Hemden, die jetzt aber an ihm aussahen wie Kleider für eine Nordpol-Expedition; er hatte einen Bart und trug den zerbeulten Hut auf dem Kopf, und alles an ihm ließ eine bevorstehende Abreise zum Nordpol vermuten. Denn obwohl ihm immer heiß ist, kleidet er sich doch häufig, als sei er von Schnee, Eis und Eisbären umgeben, manchmal kleidet er sich auch wie ein Kaffeepflanzer in Brasilien; auf jeden Fall kleidet er sich immer anders als andere Leute.

Wenn ich ihn an jenen vergangenen Spaziergang auf der Via Nazionale erinnere, behauptet er, sich auch zu erinnern; ich weiß aber, daß er sich an nichts erinnert, und ich frage mich manchmal, ob wir diese zwei Menschen sind, die vor fast zwanzig Jahren durch die Via Nazionale gingen, zwei Menschen, die freundlich und höflich in der untergehenden Sonne miteinander plauderten und dabei wohl ein bißchen von allem und von nichts sprachen; zwei liebenswürdige Gesprächspartner, zwei junge Intellektuelle auf einem Spaziergang; so jung, so wohlerzogen und so bereit, ein zerstreutes und wohlmeinendes Urteil über den andern abzugeben, so bereit, sich vom andern an jener Straßenecke im Sonnenuntergang für immer zu trennen.

So geht es einem für gewöhnlich mit den Toten: Man beklagt, daß man ihnen nicht rechtzeitig gesagt hat, wie sehr man sie liebte, wie notwendig sie einem waren. Wenn ein unentbehrlicher Mensch von deiner Seite geht, richtest du den Blick nach innen und findest nur noch Banalität, denn verglichen mit den Toten sind wir Lebenden unerträglich banal. In die eigene Aufgabe versunken glaubt man, vor allem als Künstler, die übrigen schuldeten einem Hochachtung, plustert man sich zum Nabel der Welt auf und achtet den Beitrag anderer gering. Aber eines Tages merkst du, daß derjenige, der dir geholfen hat, zu werden, was du bist, von deiner Seite gegangen ist, und da bereust du deine Undankbarkeit vergebens. Vielleicht kann es gar nicht anders sein, aber es ist nur schwer auszuhalten. Die Unmöglichkeit, sich die Vergangenheit noch einmal vorzunehmen und sie zurechtzurücken, ist eine der grausamsten Schranken des menschlichen Daseins. Das Leben wäre leichter zu erdulden, wenn wir eine zweite Gelegenheit bekommen würden. MIGUEL DELIBES

Als wir in Berlin waren, ging Kafka oft in den Steglitzer Park. Ich begleitete ihn manchmal. Eines Tages trafen wir ein kleines Mädchen, das weinte und ganz verzweifelt zu sein schien. Wir sprachen mit dem Mädchen. Franz fragte es nach seinem Kummer, und wir erfuhren, daß es seine Puppe verloren hatte. Sofort erfindet er eine plausible Geschichte, um dieses Verschwinden zu erklären: »Deine Puppe macht nur gerade eine Reise, ich weiß es, sie hat mir einen Brief geschickt.« Das kleine Mädchen ist etwas mißtrauisch: »Hast du ihn bei dir?« »Nein, ich habe ihn zu Haus liegen lassen, aber ich werde ihn dir morgen mitbringen.« Das neugierig gewordene Mädchen hatte seinen Kummer schon halb vergessen, und Franz kehrte sofort nach Hause zurück, um den Brief zu schreiben.

Er machte sich mit all dem Ernst an die Arbeit, als handelte es sich darum, ein Werk zu schaffen. Er war in demselben gespannten Zustand, in dem er sich immer befand, sobald er an seinem Schreibtisch saß, ob er nun einen Brief oder eine Postkarte schrieb. Es war übrigens eine wirkliche Arbeit, die ebenso wesentlich war wie die anderen, weil das Kind um jeden Preis vor der Enttäuschung bewahrt und wirklich zufriedengestellt werden mußte. Die Lüge mußte also durch die Wahrheit der Fiktion in Wahrheit verwandelt werden. Am nächsten Tag trug er den Brief zu dem kleinen Mädchen, das ihn im Park erwartete. Da die Kleine nicht lesen konnte, las er ihr den Brief laut vor. Die Puppe erklärt darin, daß sie genug davon hätte, immer in derselben Familie zu leben, sie drückte den Wunsch nach einer Luftveränderung aus, mit einem Wort, sie wolle sich von dem kleinen Mädchen, das sie sehr gern hätte, für einige Zeit trennen. Sie versprach, jeden Tag zu schreiben – und Kafka schrieb tatsächlich jeden Tag einen Brief, indem er immer wieder von neuen Abenteuern berichtete, die sich dem besonderen Lebensrhythmus der Puppen entsprechend sehr schnell entwickelten. Nach einigen Tagen hatte das Kind den wirklichen Verlust seines Spielzeugs vergessen und dachte

nur noch an die Fiktion, die man ihm als Ersatz dafür ange-
boten hatte. Franz schrieb jeden Satz des Romans so ausführlich und so humorvoll genau, daß die Situation der
Puppe völlig faßbar wurde: die Puppe war gewachsen, zur
Schule gegangen, hatte andere Leute kennengelernt. Sie
versicherte das Kind immer wieder ihrer Liebe, spielte dabei
aber auf die Komplikationen ihres Lebens an, auf andere
Pflichten und auf andere Interessen, die ihr im Augenblick
nicht gestatteten, das gemeinsame Leben wieder aufzuneh-
men. Das kleine Mädchen wurde gebeten, darüber nachzu-
denken, und wurde so auf den unvermeidlichen Verzicht
vorbereitet.

Das Spiel dauerte mindestens drei Wochen. Franz hatte
eine furchtbare Angst bei dem Gedanken, wie er es zu Ende
führen sollte. Denn dieses Ende mußte ein richtiges Ende
sein, das heißt, es mußte der Ordnung ermöglichen, die
durch den Verlust des Spielzeugs heraufbeschworene
Unordnung abzulösen. Er suchte lange und entschied sich
endlich dafür, die Puppe heiraten zu lassen. Er beschrieb zunächst den jungen Mann, die Verlobungsfeier, die Hoch-
zeitsvorbereitungen, dann in alles Einzelheiten das Haus
der Jungverheirateten: »Du wirst selbst einsehen, daß wir in
Zukunft auf ein Wiedersehen verzichten müssen.« Franz
hatte den kleinen Konflikt eines Kindes durch die Kunst gelöst, durch das wirksamste Mittel, über das er persönlich
verfügte, um Ordnung in die Welt zu bringen.

Quellen

MICHELANGELO ANTONIONI, *Chronik einer Liebe, die es nie gab* aus dem gleichnamigen Erzählungsband. 1995. *SALTO.* Aus dem Italienischen von Sigrid Vagt. Erschien zuerst 1985 in dem Quartheft »Bowling am Tiber«.

DJUNA BARNES, *Der 1. April* aus »Verführer an allen Ecken und Enden. Ratschläge für die kultivierte Frau«. 1994. *SALTO.* Aus dem Amerikanischen von Inge von Weidenbaum. – *Ladies Almanach: Juli* aus »Ladies Almanach«. 1985. Aus dem Amerikanischen von Karin Kersten.

JOHANNES BOBROWSKI, *De homine publico tractatus* aus »Mäusefest und andere Erzählungen«. 1995. Quart*buch*. Erschien zuerst 1965 als Quartheft. Ebenso in »Im Strom. Gedichte und Prosa«. 1989. *SALTO.*

LUIS BUÑUEL, *Ménage à trois* aus »Die Flecken der Giraffe. Ein- und Überfälle«. 1991. Quart*buch*. Aus dem Spanischen von Fritz Rudolf Fries und Gerda Schattenberg.

ERMANNO CAVAZZONI, *Selbstmord eines Liebespaares* aus »Kurze Lebensläufe der Idioten. Kalendergeschichten«. 1994. Quartheft 188. Aus dem Italienischen von Marianne Schneider.

GIANNI CELATI, *Ein Meteorit aus dem Kosmos* aus »Erzähler der Ebenen«. 1986. Quartheft 143. Aus dem Italienischen von Marianne Schneider.

DORA DIAMANT, *Franz Kafka und die Puppe* aus »›Als Kafka mir entgegenkam …‹. Erinnerungen an Franz Kafka«. Herausgegeben von Hans-Gerd Koch. 1995.

ADOLF ENDLER, *Geborgenheit oder ein Opfer der Eifersucht* aus »Nackt mit Brille. Gedichte«. 1975. Quartheft 74.

ELKE ERB, *Gutachten* aus »Einer schreit: Nicht! Geschichten und Gedichte«. 1976. Quartheft 81.

GUSTAV ERNST, *Lady Schrank* (gekürzt) aus »Am Kehlkopf. Vier Geschichten und ein Stück«. 1974. Quartheft 64.

ANTONIO FIAN, *Liebe 38* aus »Tintenfisch 22. Jahrbuch für Literatur« 1983. Quartheft 121.

ERICH FRIED, *Was es ist* aus »Es ist was es ist. Liebesgedichte, Angstgedichte, Zorngedichte«. 1996. Quart*buch*. Erschien zuerst 1983 als Quartheft. – *Worte* aus »Liebesgedichte«. 1995. Quart*buch*. Erschien zuerst 1979 als Quartheft.

GÜNTER BRUNO FUCHS, *Geschichte von den unterschiedlichen Äußerungen* ... und *Geschichte mit einem Instrument* ... aus »Zwischen Kopf und Kragen. 32 wahre Geschichten und 13 Bilder«. 1967. Quartheft 25.

CARLO EMILIO GADDA, *Jole* (Titel vom Hrsg., gekürzt) aus »Cupido im Hause Brocchi«. 1987. *SALTO*. Aus dem Italienischen von Toni Kienlechner.

NATALIA GINZBURG, *Er und ich* aus »Italienische Liebesgeschichten«. 1991. *SALTO*. Aus dem Italienischen von Alice Vollenweider. Ebenso in dem 1988 in der Friedenauer Presse, Berlin erschienenen Band »Winter in den Abruzzen«.

STEPHAN HERMLIN, *Onkel Herbert* (Titel vom Hrsg.) aus »Abendlicht«. 1987. *SALTO*. Erschien zuerst 1979 als Quartheft.

FRANZ HOHLER, *Die Befreiung* aus »Tintenfisch 19. Jahrbuch für Literatur«. 1980. Quartheft 109. Nach »Ein einzigartiger Tag. Lesebuch« (Hermann Luchterhand Verlag, Darmstadt/Neuwied 1979).

OTTO JÄGERSBERG, *Die Sinnlichkeit der Frauen* aus »Tintenfisch 25. Jahrbuch für Literatur«. 1986. Quartheft 148. Nach »Wein, Liebe, Vaterland. Gedichte« (Diogenes Verlag, Zürich 1985/1993).

WERNER KOFLER, *Altarbild Promiskuität* (gekürzt) aus dem Fragment »Maskulin Feminin« in »Aus der Wildnis«. 1980. Quartheft 108.

MICHAEL KRÜGER, *In Gegenwart einer Frau* (Titel vom Hrsg., gekürzt) aus »Was tun? Eine altmodische Geschichte«. 1984. Quartheft 131.

LUIGI MALERBA, *Die Eselin* (Titel vom Hrsg.) aus »Pataffio. Roman«. 1988. Quartheft 161. Aus dem Italienischen von Moshe Kahn.

GIORGIO MANGANELLI, *Die nicht begonnene Ehe* (Titel vom Hrsg.) ist Nummer 12 aus »Irrläufe. Hundert Romane in Pillenform«. 1989. *SALTO*. Aus dem Italienischen von Iris Schnebel-Kaschnitz. Erschien zuerst 1980 als Quartheft.

MASUCCIO, *Die beiden Freunde* aus »Novellino. Renaissancenovellen aus Neapel und dem Süden Italiens«. 1988. *SALTO*. Aus dem Italienischen von Hanns Floerke, neu durchgesehen von Maja Pflug.

CHRISTOPH MECKEL, *Verlorener Leib* aus »Bei Lebzeiten zu singen. Gedichte«. 1967. Quartheft 18. Jetzt im Band »Hundert Gedichte« (Carl Hanser Verlag, München/Wien 1988).

KARL MICKEL, *Ablauf* aus der Zeitschrift »Freibeuter«, Nummer 43 (1990). Erschien später unter dem Titel *Ballett* innerhalb der

»Schriften«, Band 2 (»Palimpsest«) im Mitteldeutschen Verlag, Halle 1990.

GOFFREDO PARISE, *Cuore: Herz* aus »Alphabet der Gefühle«. 1996. Quart*buch*. Aus dem Italienischen von Christiane von Bechtolsheim.

PIER PAOLO PASOLINI, *Sandro* (Titel vom Hrsg.) aus »Petrolio. Roman«. 1994. Quart*buch*. Aus dem Italienischen von Moshe Kahn.

ROBERT PINGET, *Die Gurken* aus »Wüst ist auch schön! Französische Liebesgeschichten«. 1996. *SALTO*. Aus dem Französischen von Gerda Scheffel.

CHRISTA REINIG, *Müßiggang ist aller Liebe Anfang* aus der gleichnamigen Abteilung in »Feuergefährlich. Gedichte und Erzählungen über Frauen und Männer«. 1985. Wagenbachs Taschenbuch 125. Siehe auch »Sämtliche Gedichte« (Eremiten-Presse, Düsseldorf 1984).

GÜNTHER RÜCKER, *Der Geselle* aus »Alles Verwandte. Novellen«. 1987. Quartheft 154. Rechte beim Verlag Rütten und Loening, Berlin (aus dem Band »Anton Popper«, 1985).

PETER RÜHMKORF, *Bocks-Gesang* aus »Komm raus! Gesänge, Märchen, Kunststücke«. Herausgegeben von Klaus Wagenbach. 1992. Wagenbachs Taschenbuch 207. Quelle: »Gesammelte Gedichte« (Rowohlt Verlag, Reinbek 1976).

FRANCO SACCHETTI, *Die große Kröte* aus »Die wandernden Leuchtkäfer. Renaissancenovellen aus der Toskana«. 1991. Wagenbachs Taschenbuch 197. Aus dem Italienischen von Hanns Floerke, neu durchgesehen von Marianne Schneider.

JOHANNES SCHENK, *Natascha malt ein Bild in der Naunynstraße* aus »Die Genossin Utopie. Gedichte«. 1973. Quartheft 67.

EDITH SITWELL, *Jane und Thomas Carlyle, ein exzentrisches Paar* (Titel vom Hrsg., gekürzt) aus »Englische Exzentriker. Eine Galerie höchst merkwürdiger und bemerkenswerter Damen und Herren«. 1987. Aus dem Englischen von Kyra Stromberg.

ANTONIO TABUCCHI, *Dom Pedros Liebe* aus »Die Frau von Porto Pim. Geschichten von Liebe und Abenteuer«. 1993. *SALTO*. Rechte beim Carl Hanser Verlag, München. Aus dem Italienischen von Karin Fleischanderl.

VOLKER VON TÖRNE, *Idylle* aus »Im Lande Vogelfrei. Gesammelte Gedichte«. 1981. Quartheft 115.

JAVIER TOMEO, *Die Kurzsichtige* und *Rita* aus »Der Mensch von innen und andere Katastrophen«. 1988. Quartheft 167. Aus dem Spanischen von Elke Wehr.

BORIS VIAN, *Liebe ist blind* aus dem gleichnamigen Erzählungsband. 1995. Wagenbachs Taschenbuch 248. Aus dem Französischen von Klaus Völker. – *Ich liebe nur mich* aus »Sprengt die Bank! Satiren, Balladen, Projekte«. 1996. Wagenbachs Taschenbuch 272. Aus dem Französischen von Klaus Völker.

ROR WOLF, *Die Pflege der Geselligkeit* aus der Zeitschrift »Freibeuter«, Nummer 21 (1984). Danach in »Die Pflege der Geselligkeit. Sämtliche Moritaten von Raoul Tranchirer. Mit Collagen des Verfassers« (1985) im Haffmans Verlag, Zürich.

Fußnoten

KURT BARTSCH, *Neid* aus »Die Lachmaschine«, 1971, Quartheft 50. – GESUALDO BUFALINO, *Der Serenadensänger* aus »Museum der Schatten«, aus dem Italienischen von Maja Pflug, 1982/92, *SALTO*. – Die Prognose für Damen von BALDASSARE CASTIGLIONE aus »Der Hofmann«, aus dem Italienischen von Albert Wesselski, 1996, Wagenbachs Taschenbuch 264. – WOLFGANG DEICHSEL, *Satz und Kuß* aus »Frankenstein. Aus dem Leben der Angestellten«, 1972, Quartheft 57. – Die Hoffnung auf eine zweite Gelegenheit von MIGUEL DELIBES aus »Frau in Rot auf grauem Grund«, aus dem Spanischen von Michael Hofmann, 1995, Quart*buch*. – ITZIK FEFER, *Im Winter* aus »Federmenschen. Jiddische Erzählungen und Gedichte über Feuervögel, Luftreisen, Unglücksraben und gestürzte Engel«, herausgegeben und aus dem Jiddischen von Andrej Jendrusch, 1996, Quart*buch*. – ERICH FRIED, *Leilied bei Ungewinster* aus »Liebesgedichte«, 1979/95, Quart*buch; Schwein des Anstoßes* aus »Die Beine der größeren Lügen«, 1969, Quartheft 35. – Der Sinnspruch von GÜNTER BRUNO FUCHS aus »Die Ankunft des Großen Unordentlichen in einer ordentlichen Zeit«, 1978, Wagenbachs Taschenbuch 39. – HELMUT HEISSENBÜTTEL, *Bürosexherbst* nach »Tintenfisch 17« (1979); aus dem Band »Eichendorffs Untergang und andere Märchen« (Klett-Cotta, 1978). – ERNST JANDLs Kürzestliebesgeschichte nach der Quartplatte 6, »hosi + anna« (1971); aus dem Band »sprechblasen« (Luchterhand, 1968). – Die melancholische Betrachtung über radikalen Wandel von JACQUES JOUET aus »Wüst ist auch schön! Französische Liebesgeschichten«, aus dem Französischen von Eva Groepler, 1996, *SALTO*. – HEINAR KIPPHARDTs Zitat von Alexander aus »Leben des schizophrenen Dichters Alexander M.«, 1976, Quartheft 78. – MATTHIAS KOEPPELs Pornorondo aus »Starckdeutsch«, 1983, Wagenbachs Taschenbuch 94. – DIETER KÜHN, *Hier küßt Goethe* aus »Tintenfisch 23« (1984). – Byrons Liebe zur Schwester Augusta von GIUSEPPE TOMASI DI LAMPEDUSA aus

»›Ich sucht' ein Glück das es nicht gibt...‹ Byron – Shelley – Keats«, aus dem Italienischen von Sigrid Vagt, 1993, *SALTO.* – LUIGI MA-LERBAs *Leichtsinniges Huhn* aus »Die nachdenklichen Hühner«, aus dem Italienischen von Elke Wehr, 1984/1995, *SALTO.* – DITER ROT, *Bei der Nacht* nach »Tintenfisch 2« (1969); aus »Die gesamte Scheiße« (Rainer Verlag, 1968). – Die Schwangerschaftserwägung von LEO-NARDO SCIASCIA aus »Mein Sizilien«, aus dem Italienischen von Martina Kempter und Sigrid Vagt, 1995, *SALTO.* – WOLF WON-DRATSCHEK, *43 Liebesgeschichten* nach »Tintenfisch 2« (1969); aus »Früher begann der Tag mit einer Schußwunde« (Hanser, 1969).

Die verdunkelnden resp. erhellenden Zitate von SIGMUND FREUD und MAX FRISCH stammen aus dem von Claudia Schmöl-ders herausgegebenen Band »Liebes-Erklärungen«, 1993, Wagen-bachs Taschenbuch 226. – Die Karnickelbeobachtung von O.H. aus »Karnickel, Karnickel«, 1983, Wagenbachs Taschenbuch 100.

Sämtliche Texte erschienen in den genannten Jahren (resp. Buch-serien) im Verlag Klaus Wagenbach. Bei denjenigen Texten, die lizen-ziert wurden, ist der Rechtsinhaber genannt – wir danken diesen Rechtsinhabern für die erteilte Druckgenehmigung.

Lesen Sie weiter ...

ERMANNO CAVAZZONI *Gesang der Mondköpfe*

Ein selbsternannter Hygieneinspektor untersucht Hinterhöfe
mit Brunnen. Dort wohnen die Mondköpfe, schrullige Leute,
die unerhörte Geschichten erzählen (und veranstalten).
Quart*buch*. Gebunden. 300 Seiten

NATALIA GINZBURG *Die Stimmen des Abends*

Natalia Ginzburg erzählt die Geschichte der jungen Elsa, die
das Leben nicht führen will, das andere für sie zurechtgelegt
haben – und sie erzählt von den Verwandten und anderen
Dorfbewohnern, von all ihren kleinen Schrullen und Flausen.
Mit einem Nachwort von Italo Calvino
Quart*buch*. Leinen. 128 Seiten

LUIGI MALERBA *Die nackten Masken*

Ein spannender Roman im Rom der Renaissance, über
Teufel und Diakone, Huren und Päpste, Intrigen und Aufruhr.
»Ein teuflisch gutes Buch.« Brigitte
Quart*buch*. Blaues Leinen. 304 Seiten

GOFFREDO PARISE *Alphabet der Gefühle*

Goffredo Parise schreibt von den Menschen und ihren
merkwürdigen Beziehungen, von befremdlichen Ereignissen,
die sie anders zurücklassen als sie vorher waren.
Mit zwei Nachworten von Natalia Ginzburg
Quart*buch*. Halbleinen. 336 Seiten

PIER PAOLO PASOLINI *Geschichten aus der Stadt Gottes*

Neue, bisher unbekannte Erzählungen aus und über Rom.
Aus der frühen römischen Zeit Pasolinis, der Zeit der *Ragazzi di vita:*
Über die Stadt Gottes und den »grausamen Baedeker« ihrer
Bewohner.
SVLTO. Rotes Leinen. 96 Seiten

JAVIER TOMEO *Das Verbrechen im Orientkino*

Die Geschichte einer unmöglichen Liebe als psychologischer
Kriminalroman. Sex im Kino, der Traum vom Märchenprinzen
und ein unschlagbarer Einfall.
Quart*buch*. Leinen. 160 Seiten

Verlag Klaus Wagenbach   Berlin

Amore!
erschien 1996 als 61. *SALTO*

© 1996 für diese Ausgabe
Verlag Klaus Wagenbach, Ahornstraße 4, 10787 Berlin
Einbandgestaltung von Rainer Groothuis unter Verwendung eines
Bildes von Rotraut Susanne Berner
Gesetzt aus der Borgis Galliard von der Offizin Götz Gorissen, Berlin
Druck und Bindung durch Clausen & Bosse, Leck
Leinen von Herzog, Beimerstetten
Gedruckt auf chlor- und säurefreiem Papier
Printed in Germany. Alle Rechte vorbehalten
SALTO ist patentgeschützt
ISBN 3 8031 1160 9